はたらく魔王さま!

和ケ原聡司
Satoshi Wagahara

イラスト■029
Illustration■Oniku

魔王軍、卓上の封印を解く

茜色（あかねいろ）が地平線に落ち、藍色の空に星々が瞬（またた）く頃、その気配は静かに、秘（ひそ）かに、だが確実に街中に蔓延（まんえん）しつつあった。

それは平和に見える街並みの中を、揺蕩（たゆた）うように、だがどのような隙間をも見逃さず、力を拡大してゆく。

『その気配』に絡（から）め取られたが最後、人間は、文明と歴史の中に封じたと安堵（あんど）していた己の暗部に気づくことになる。

ある者はそれを『欲望』と呼び、ある者はそれを『飢餓』と呼んだ。

『罪』と呼ぶ者もいれば、『謂（い）われなき暴力』と形容する者もいるだろう。

だがその呼び方がどうであれ、それに絡（から）め取られた者ができることは、抗（あらが）いがたい野生の本能と沸き上がる衝動、飢餓感による焦燥に身を焦がすことだけなのだ。

「く……ま、まさか、これは……！」

『その気配』が忍び寄ることに気づいた男が身構えたときには、既に手遅れだった。

「バカな……信じられねぇ、こんなこと……」

男ははっと己の右手を見た。

手遅れなのだ。小刻みに震えている。

気配の端緒に触れただけで、己が肉体の衝動を抑えられなくなる。

「くっ！」

わずかでも触れたその気配は瞬く間に男の全身を押し包んだ。

途端にその瞬間まで感じていなかったあらゆる不調が肉体を蝕んだ。

めまいがし、息が早くなり、全身の疲労が耐えがたいほど深くなり、足がもつれる。

「クソ……俺の体は……もう、ここまで……！」

男は己の肉体の、心の弱さに震えた。

かつて『魔界』と呼ばれた荒れ果てた地獄に蔓延る『悪魔』の全てを制し、『王』として膝下に跪かせた男は今、姿も見えない、形すら無いその気配に身も心も屈しようとしているのだ。

男は走った。無我夢中で。目的地はもう目の前だ。

無限にも思える街路を駆け抜け、二段飛ばしで階段を駆け上がり、薄い木の扉を蹴り破る勢いで開くと、そこはもはや、理性を本能で染め上げる香りに満ち満ちていた。

「お帰りなさいませ、魔王様」

出迎えた低い声に、魔王と呼ばれた男は最後の理性で本能を抑え、問いかけた。

「今日の晩飯はカレーか！　芦屋！」

「左様にございます。魔王様」

魔王は己に臣従する長身の男、芦屋の答えに満足げに頷くと、遂に耐えきれず、その腹から、

ぐぅ……、と音を立てた。

※

東京都渋谷区笹塚の一角に建つ、築六十年の木造アパート、ヴィラ・ローザ笹塚。

その二階、六畳一間の二〇一号室の開け放たれた扉から放出されているその香りは、紛うことなきカレーの匂いだった。

「二つ先の角くらいからもうカレーの匂いしてたんだ。これでうちの晩飯じゃなかったら泣くとこだった。仕事の疲れが一気に腹にきた。マジ腹減った」

「今しばらくお待ちください魔王様。最後の仕上げにかかっている最中です。今、隣でベルとエミリアが付け合わせを作っています。佐々木さんももう少しでいらっしゃいますので」

仕事上がりの空腹で目を回しかけていた魔王は、芦屋のその残酷な宣言に悲愴な顔をする。

「お前こんないい匂いさせておいて殺生なこと言うなよぉ！」

「皆揃ってからです。もう少し、我慢してくださいね」

「マジかー！　ちーちゃん早く来てくれー！」

帰宅した部屋の、日に焼けた畳に倒れ伏して子供のような悲鳴を上げる『魔王』に、別の男の声がかかった。

「こっちはもう一時間も前からお腹減らしたままお預け食らってんだから駄々こねるなよ。そんなこと言うなら真奥は店で何か食べてくりゃよかったじゃん」

「ああ？」

魔王、ではなく真奥、と呼ばれた青年は、畳直置きのパソコンデスクに座り込んでだらだらしている小柄な男を睨んだ。

「漆原、お前な、働いてないお前と朝から労働に勤しんだ俺と一緒にすんな」

漆原と呼ばれた小柄な男は真奥の突っ込みを、肩を竦めただけでいなした。

「でもなんで突然カレーなの？　今まで作ったこと全然なかったじゃん。どうしたのさ」

「やむを得なかった。私だって本音を言えば作りたくはなかったんだ。全ては我らの宿敵の責任だ」

「は？」

カレー一つに宿敵だの責任だのと言い出した芦屋に漆原が眉をひそめたときだった。

「だから悪かったって言ってるでしょ」

二〇一号室の扉が開き、大皿いっぱいのサラダを両手に持った髪の長い女性が、渋い顔で現れた。

「エミリア……貴様があのとき迂闊なことを言わなければ……」

「なんだ、今日の晩飯は恵美の発案か？」

エミリアと恵美。二つの名で呼ばれた女性は、二〇一号室に上がり込みながら手にしたサラダを、部屋の中央の使い込まれたカジュアルコタツの中央に置く。

そしてその恵美の後ろから、小さな影が続いて上がり込む。

「ぱぱ！　おかえりなさい！」

「おー、ただいまアラス・ラムス」

「きいてきいて！　さぁだてつだった！」

一房の紫色の前髪と美しい銀髪を持つ、三歳前後の小さな少女が得意げに鼻を膨らませ、真奥を『ぱぱ』と呼んだ。

「サラダを⁉　偉いな！　何やったんだ？」

「みにとまとのくさぷっちん！　ね！　まま！」

恵美を見上げて胸を張るアラス・ラムスの頭を真奥は撫でてやる。

「ままは褒めてくれたか？」

「うん！」

「そうかそうか、偉いぞ？　でも、なんだかんだノリノリな感じに見えるが、なんで芦屋がそんなに恵美を恨みがましい顔で見てるんだよ」

「私だってまさかベルの部屋にいて普通に話してて、あんなことになるなんて思わなかったのよ」

「鈴乃の部屋で何が起きるんだよ？」

真奥は隣室二〇二号室のある側の襖を見る。

「なんてことはない。それこそ今晩の夕食をどうするかという普通の話をしていただけだ」

そこに、恵美の後ろから和服姿の小柄な女性が、沢山の食器を持って入ってきた。

「ああ、アルシエル。私の部屋でも間もなく米が五合炊き上がる。それでなんとかしのぐぞ」

「已むを得んな。ベル、そちらの弾はサラダだけか？」

「カレーに合う付け合わせを用意できなくてな。だが米が尽きたらうどんという手がある」

「カレーうどんか、悪くはないが、ルーが持つかどうか」

「あとは、千穂殿の差し入れで強制的にストップをかけるという手もある」

「佐々木さんが今日お持ちくださるのは、おかず類ではないのか？」

「そうではないようだ」

真奥に鈴乃と呼ばれた和服の女性と、芦屋が深刻な顔で話し合っている。

その様子を見て、先ほどカレーに喜んだ真奥の顔がわずかに青ざめ恵美を見た。

「おい……まさか……」

「ええ。そうよ」

恵美も深刻な顔で頷いた。

「私はただ、ベルの質問に答えてただけなのよ。私が永福町のマンションでどんなカレーを作ってるのか、って。そうしたらそこを……」

その瞬間、ばしり、と共用廊下に面したガラスが激しく鳴った。

格子が嵌められているはずの窓に二つの手形がつき、そのむこうから、

「じゅるるル……」

本能に支配された獣の声が聞こえる。

「まだかナ〜……まだかナァァァア……」

「アシエスに、聞かれちゃって……」

恵美がすっと目線を外す。

芦屋も鈴乃も緊張の面持ちになるが漆原はあまり意に介していない。

「あしぇす！　ちーねちゃがくるまでいいこするの！」

そしてアラス・ラムスは、窓に浮かんだホラー現象に対してぴしりと告げた。

「ネーサマ……ソンナゴムタイナァ……」

怪現象は、小さな子供の一言でかすかに気配を遠ざけた。

その結果わずかに緊張が緩むが、真奥は震える声で言う。

「鈴乃、さっきちーちゃんがどうとか言ってたが、アシエス相手に止められるようなものがあるのか？」

「分からん。分からんが、千穂殿は今日、デザートを持ってきてくれるのだそうだ。カレーが足りなくなったら、それで区切りとさせるしかあるまい」

「まぁ、アシエスもちーちゃん相手なら無茶はしないか？」

「ああ、だが実は、千穂殿の様子も、おかしかったんだ」

「は？」

「そういえばそうだったわね」

恵美も眉根を寄せて頷く。

「今日はカレーだって話したら、聞いたことない声で『えっ！』て叫んだの。千穂ちゃんらしくないからどうしたのかなって思って」

「おいおい。なんなんだよ。久しぶりのカレーの日になんで不吉な事態が重なってんだ」

立ち尽くす真奥と芦屋と恵美と鈴乃。

漆原は一人、空腹をさすりながらぼやいた。

「ま、佐々木千穂が来るのを待つしかないんじゃない？」

「おなかすいたー」

大人達の不吉な予感をものともしないアラス・ラムスの明るい声が重なった。

佐々木千穂は、通い慣れた薄暮の道を、緊張の面持ちで一歩一歩踏みしめるように歩いていた。

『食事会』と改まって言うほどのことでもない、でも、大切な異世界の友との『一緒にご飯』。

その献立がカレーだと知ったとき、思わず大声を上げてしまい、電話の向こうの恵美と鈴乃に思いきり不審がられてしまった。

だが、それも仕方のないことだった。

千穂がヴィラ・ローザ笹塚二〇一号室の『魔王城』で真奥達と定期的に食事をするようになってからかなり経つが、これまで一度としてカレーが食卓に上がったことはなかった。

カレーといえば、大勢で囲む食卓の定番だが、出ないこと自体は別に不自然でもなんでもないので、そのことをこれまで特に疑問には思わなかったのだ。

昨日、学校の教室で、あの会話が始まるまでは。

千穂は今日の差し入れが入った白いボール紙の箱を抱え、ごくりと唾を呑み込む。

この箱の中に入っているのはいくばくかの好奇心と、かすかな罪悪感だ。

それを抱えるに至った経緯を思い返す度、抱えた罪悪感の重さが増す気がする。だがどうしても気になってしまったのだ。

千穂の想い人である真奥貞夫が、『どう』なのか、を。

間もなくヴィラ・ローザ笹塚が見えてくる頃、強烈に食欲をそそるカレーの香りが千穂の鼻腔をくすぐった。

芦屋だろうか、鈴乃だろうか、それともカレー好きな恵美だろうか。

お店と母親以外のカレーを食べる機会は、人生でも思ったより少ない。

だから単純に楽しみな部分もあるが、どうしても心が重い。

でも、仕方ないではないか。

今千穂が抱えている罪悪感は、昨日の学校での出来事がなければ、抱く必要の無いことだったのだから。

共用階段を上がって廊下に入ったところで、

「わあっ!?」

千穂はぎょっと立ちすくむ。

廊下の陰に蹲り、食欲で瞳を赤く光らせているのは、年の頃は千穂より少し下、だが真実は真奥と恵美の『娘』であるアラス・ラムスの妹、アシエス・アーラだった。

「チホ……その匂いは……ケーキ?」

地獄の底から湧き上がる亡者の声が、千穂を一歩後ずさらせた。

「ケーキ！　ケーキだよねソレ！　ケーキだよネ!!　ワタシの分もあるよネ!!」

アパート中に満ちるカレーの香りの中から、どうやって保冷材に挟まれたショートケーキの匂いを感じ取ったのかは分からない。

だがともかく地球上に住む霊長類の中で最も大食いであるアシエス・アーラの存在が、今日の献立決定に大きく影響していることを理解した。

「け、ケーキだよ。あ、アシエスちゃんの分もちゃんとあるから、お、落ち着いて……」

「ち、ちーちゃん危ない!!」

「千穂ちゃん！　早く部屋の中に入って！」

二〇一号室の中で息をひそめていた真奥と恵美が、アシエスの絶叫に気づき千穂を守ろうと部屋の中に引き入れ、

「どうどうアシエス！　千穂殿も来たからすぐにいただきますをするからな。我慢だ我慢だ」

「ガルルルル……！」

鈴乃がアシエスを必死に制止している。

「あの、芦屋さん、これケーキなんで、一旦冷蔵庫に入れてもらえますか」

廊下の騒動を振り返りながら千穂は芦屋に箱を手渡す。

「ありがとうございます。食後に皆でいただきましょう。さ、座ってください」

芦屋は外の騒ぎを聞かないようにしながらいつも通りの笑顔を浮かべる。

千穂はシンクで手を洗わせてもらってから、カジュアルコタツについて、その時を待った。

芦屋と鈴乃がライスとルーを皿に盛るのを見ながら、千穂はこの二日間の学校でのことを思い出していた。

一体だれがあんなことを言い出したのだろう。

あんな話が持ち上がらなければ、こんな気持ちになることなどなかったのに……。

※

きっかけは、教室の中での些細な会話だった。

なんなら千穂は最初、その会話の当事者ですらなかった。

だがいつしかその話題は教室中に波及してゆき、いつしか千穂はその会話に巻き込まれていたのだ。

「なぁなぁショージー、佐々木。お前ら家でカレーってどうやって食ってる？」

「え？」

「いきなり何？」

クラスメイトで部活の仲間である江村義弥が、佐々木千穂と東海林佳織が話している席に乱入し、その話題をブッ込んできたのだ。

「いやだから、家でカレーってどうやって食ってるのかって話」

「どうもこうも普通に食べてるけど？」

佳織が面倒くさそうに答えると、義弥はさらに食い下がってきた。

「だからそういうことじゃねぇんだって。なぁ、普通カレーってご飯とまんべんなく混ぜて食うよな」

「えっ⁉」

「はあ⁉」

「えっ、なんだよその反応」

義弥は、千穂と佳織の反応に逆に意外そうに目を瞬いた。

「え、だって、まんべんなく混ぜてって、ルーとご飯を全部混ぜちゃうの？」

「そうだよ」

「あんたそんな食べ方してたの？」

「なんだよその目は。そうやって食った方が美味いだろう？　ドライカレーとかカレーピラフとかそんな感じじゃんか」

「ええっと……」

「いやいやそれはない。ドライカレーとかは最初からそう作ってあるでしょ。あんたが言ってるのはカレーライスなんじゃないの？」

千穂は愛想笑いを浮かべながらも眉根を寄せ、佳織は言下にないと断じた。

だがそれでも義弥はまだ引き下がらない。

「じゃあお前らどうやって食ってんだよ」

「少なくとも全部ぐちゃぐちゃに混ぜることはないわね。ねぇささちー」

「うん。それはしないかな……っていっても、本当に私も普通だよ？　ご飯の上にルーをかけて、ルーとご飯をスプーンで……」

「えっ？」

「えっ？」

千穂の『普通』に、今度は佳織が驚いた顔をした。

「え、私何か変なこと言った？」

「ささちー、ご飯の上全部にカレーかけちゃうの？」

「う、うん。うちの家族はみんなそうだけど……」

「カレーって普通、お皿の中にライス半分、ルー半分で盛らない？」

「うちでは違うかなぁ。だってあの半々盛りって、なんだか食べにくくない？」

「食べにくいって何がよ？」

「外で食べるとき、半々盛りのって真ん中の端っこから食べるでしょ？」

「真ん中の端っこ。うんまぁ、そうね」

「あれって食べ進めるとライスとルーが分かれちゃって、ライスからルーの方に寄せていかなきゃならないじゃない」

「うん。そうだけど」

「あれって最初が半々なのに、絶対ライスとルーのバランスが保てなくなるから……」

「ええ？　私そんなことないけどなぁ。むしろ上からかける方がバランスよく食べるの難しくない？」

「ええ？　そうかなぁ？」

「上からルーって、ある程度のご飯の量越えるとそれ以上ルーかけられなくなるじゃん」

「その分大きなお皿使えばいいでしょ？　そもそもそんなにご飯大盛にすることってないし」

「いや、俺は大盛にするぞ？　佐々木の言うみたいにバランス悪くならないように、全部混ぜを……」

「「全部混ぜはしないから！」」

女子二人に声を揃えられて、義弥は初めてひるむ。

だがその後、元々「カレーの食べ方」を話し合っていたクラスメイト達を巻き込んで、意外にも「初手から全部混ぜてしまう」という食べ方が支持を集めていることに、千穂は大いに驚いた。

またこの議論の間に最も場が沸いたのが、クラスに一人だけ、家庭でもあの、

『魔法のランプの蓋だけなくしちゃったような銀色の食器』

を使っている者がいた事実が発覚し、しかもそれが男子だったときだった。

その日の部活中の佳織は、

「話に参加した男子の半分はそこまで食べ方にこだわりがあったわけではなく、女子は三分の一くらい嘘をついていた」

と分析していた。

つまり、男子はなんとなく大胆に荒々しく食べるのが普通、という空気が蔓延したために大人しめに食べている者達もそれに同調し、逆に女子はそんな男子の雑な食べ方と同じ食べ方をしていると思われたくなくてちょっと自分を上品に装ったのではないかというのだ。

「まぁテーブルマナーが要求されるタイプの食べ物じゃないし、正しい食べ方なんてあってないようなもんだからいいと思うんだけどさ」

「うん」

「でも、もしかしたら私も適当こいた中の一人って誰かに思われてるかもしれないと思うと、ちょっとムカつく」

「か、考えすぎじゃないかな」

千穂はあいまいに笑って佳織のグチを流し、実際にそこまで大きな問題を引き起こす話題でもなかったため、明日には皆この話題を忘れると誰もが思っていた。

だが、話はここで終わらなかったのである。

翌日、あの『魔法のランプの蓋だけなくしちゃったような銀色の食器』を使っていた男子が、とんでもない問題提起を始めたのである。

曰く、

「お前らショートケーキってどうやって食ってる?」

どうやら彼はあのあと、カレーの銀ランプユーザーであることを男子達の間でそこそこからかわれたらしく、そのことを根に持っていたようだ。

そのため新たな『食べ方イレギュラー』のあぶり出しを画策し、その火種を教室に放り込んだのである。

「そんなの最初に上のイチゴ食べて、あとは普通に食うだろ」

最初に返した男子は、こともなげにそう言ったが、別の女子が、

「えー、私イチゴは最後まで取っとくなぁ」

と言い出した。

最初に食べる派は圧倒的多数を占めたものの、二割ほど、イチゴを最後まで残す派がいたことは、最初に食べる派にとっては衝撃だったようだ。

「ささちー、どっち? 私最初派」

「ショートケーキなら私も最初かなぁ。あ、でも誕生日とかクリスマスのケーキの上のチョコのプレートとかは最後に食べてたかも」

「それとこれとは違わない?」

千穂と佳織は今回も最初の議論から少し離れた場所にいたが、この火種を放った男子は、さ

らにとんでもない爆弾を投げ込んできた。

「外でケーキ食うときさ、ケーキについてたビニールの帯のクリーム、どうする？」

「うっ」

「あっ」

これには佳織と千穂も動揺を露わにした。

なんと意地の悪い問いかけだろう。

肝は『外で』という縛りだ。

「……ささちー、どう？」

「……えっと、私は……」

佳織と千穂も、突然キレが悪くなる。

家の中であれば、ケーキを覆っていたビニールについたクリームを、フォークなり指なりで舐めとるくらいは誰にでも経験はあるだろう。

だが、外で、となると話は変わる。

「外では、私、諦めるかも」

「マジか。私は無理。諦められない。なんで諦められるの？」

「小さい頃からそうだったからかなぁ。家でなら何も言われなかったけど、外ではやらないようにってずっと言われてきたから」

「いやあ、分かるよ。うちもそうだったけどさ、でも食材ロスとかこんだけ言われてる世の中、食べられるものを捨てることの方が罪深くない？」

「まぁ、それはそうなんだよね。ただほら、外で食べるとあのビニールからクリーム取るのって難しくない？　お皿そんなに大きくないから、テーブルの上でやらなきゃだしさ」

「そうだけど。そうなんだけど実際のところ、親もどうよ。家では普通にやってるし、うちの親とか結局外でもこっそりやってるよ？」

「うちはどうだろ。お父さんとケーキ食べることなんてもう長いことしてないし」

「む、そりゃそうか」

「でもやっぱりちょっとまだ外ではやりづらいなぁ」

千穂と佳織がぼそぼそやり合っている間に、話題はケーキを『クリームとスポンジの層を順に上から食べる派』と『先端から上から下まで一気に削って食べる派』と『背中の厚めのクリームを食べてから背中から食べる派』で三つ巴の戦いが起こっていた。

「こ、この勢力争いは、カレーのときの比じゃないね」

「こんなことでクラスが割れるなんて」

話は休み時間が終わって次の教科の担当教員が来ても収まらず、その教員が、

「ケーキのマナー云々言う前に時間になったら授業を受けるという学生のマナーを守れ」

と一喝し、クラス全体にくすぶる火を残したまま、強引に話題を打ちきってしまったのだっ

た。

学校から帰る道で、千穂はずっと渋い顔をしていた。

この二日間、教室で紛糾した話題が頭の中でぐるぐる回っているためだ。

カレーにせよショートケーキにせよ、食事マナーを厳守しないと人としてみっともない、というほど難しい食べ物ではない。

むしろ、そんなことを気にせず食べることの方が圧倒的に多いカジュアルな食べ物だ。

とはいえ、そんな個人の生き方や好みが反映されるカレーの食べ方とショートケーキの食べ方の話題は、千穂の心を騒がせていた。

今まで気にしていなかったことが浮彫りになってしまったため、自分の身の回りの人間がどうなのか、急に気になり始めたのだ。

「江村君にはあんなこと言っちゃったけど」

義弥がカレーのルーとライスを全部混ぜてから食べる、と聞いたとき、自分の中では『それってアリなの？』という感情が芽生えたことは間違いない。

だが、意外にもその食べ方が市民権を得ていると知ったとき、思ったのだ。

「真奥さん、どんな食べ方してたっけ」

想い人の食事マナーの良し悪しは、女子には結構重要な要素だ。

これまで千穂は幾度となく真奥と食卓を囲んでいるが、真奥の食事マナーは基本的に良い。

というか、真奥に限らず魔王城に住む悪魔の三人は、漆原も含めて食事マナーが良い。

箸の持ち方は綺麗だし、好き嫌いも無い。

おかずが沢山あるときは自然に三角食べをしているし、咀嚼音も気になったことはなく、当然のように食べ残しもしない。

だからこそ気づいたのだ。

真奥がカレーライスを食べる姿を見たことがないのを。

「そもそも皆でカレーを食べたことないなぁ」

最前も思い返していたように、ヴィラ・ローザ笹塚二〇一号室で真奥、芦屋、漆原、恵美、アラス・ラムス、鈴乃と食卓を囲むようになってかなり経つが、カレーライスが食卓に上がったことは一度も無いのではないだろうか。

もっと言うと、恵美以外のエンテ・イスラの事情に関わる面々とカレーを食べたことがなかった。

「ケーキは前に芦屋さんがパウンドケーキ作ってくれてた時期があったけど」

同じように、魔王城の食卓に、店売りの三角形のケーキが上がった記憶もなかった。

「どうしてだろ」

カレーは大勢で食事をする場では、定番のメニューだ。

過去には千穂もアイスクリームを差し入れたこともあるので、誰かが店売りのケーキを用意することが一度くらいあってもよさそうなのに。

何故、カレーとケーキは、これまで魔王城の食卓に上らなかったのだろう。

「……」

そんな疑問を抱きながら歩いていた千穂は、いつの間にか百号通り商店街に足を踏み入れていた。

そのとき、千穂のコートのポケットの中で電話が震えた。

画面を見ると鈴乃からだったので、千穂は自然な動作で通話を取った。そして、

「えっ⁉」

今日のメインの献立が、カレーライスであると知り、携帯電話を取り落としそうになるほど驚いた。

なんとかその驚きをごまかして通話を切り、冷や汗を浮かべた顔を上げると、そこにはかつて千穂が恵美とエメラダとアルバートを連れてきたケーキ屋『パティシエ・ティロン』が。

これは神の悪戯であろうか。

「……たまには、ご飯もの以外でも、いいよね」

自分以外がどうなのか、世の中の常識がどうなのか、『普通』とは一体なんなのか。

親友の佳織とすらあそこまで考えが違ってしまった事実が、千穂の背を、危険な好奇心へと押したのだった。

※

「私はカレーにはうるさいわよ」

「うるさい黙れ」

　配膳されたカレーを目の前にして、突然恵美が言い放つのを芦屋は軽くあしらう。

「アラス・ラムス用の甘口カレーは別に作ってあるが、大人はアシエス対応で全員同じ鍋だ。余計な注文は受けつけん。全員辛口だ」

「分かってるわよ。でも、千穂ちゃんは辛口で大丈夫なの？　確か辛いもの、苦手じゃなかった？」

　図らずもカレーとケーキが揃ってしまったせいでいらぬ緊張をしていた千穂は、振られた話を聞き逃しそうになった。

「激辛とか辛さ何倍！　みたいなのでなければ大丈夫ですよ。普通のルーの辛口くらいなら、お水少し多めにもらえれば大丈夫です」

「申し訳ありません。アシエス対応で量を確保するために仕方なく……」

千穂に対しては腰の低い芦屋が申し訳なさそうに続けた。

「実は、カレーを作ったことも外で食べたことも数えるほどしかないので、どの程度が普通の辛さなのか分からないのです」

「「えっ⁉」」

これには、千穂とともに恵美も驚いた。

「ちょっと意外だわ。カレーなんて、下手すれば週に四日くらい食べるでしょう？」

「四っ⁉　あ、え、ええと、あんまりカレー食べなかったんですか？」

身を乗り出す恵美と驚きのベクトルが違ったことに逆に驚かされた千穂だが、ともかく純粋な疑問をぶつけてみる。

魔王城の台所番にして、家事万端調った主夫オブ主夫の芦屋が、まさかカレーを作った経験が無いなどとは思いもしなかった。

魔王城の住人は、人間の基準で言えば若い男三人の所帯。

カレーなど真っ先に献立の候補に挙がりそうなものだ。

「俺の記憶違いでなけりゃ、芦屋が晩飯にカレー作ったのは日本に住むようになってから二回だけだな」

「あるしぇーる、カレーきらいなの？　おいしいのに」

真奥と恵美の間にいたアラス・ラムスが口を開いた。

「そうだよなー？　カレーって、美味いよなー？」

　真奥は娘の頭を撫でながら苦笑した。

　改まって言われると、それをいちいち認めるのもこそばゆくなるほど、カレーというのはごく当たり前の料理だ。

「だからさ、つい過剰に食いたくなっちまうんだよ。それで、な」

　分かるだろ、という顔をされて、千穂も恵美も首を傾げる。

「米の消費がね、芦屋の予想を越えちゃったんだよ。二回の内一回は、僕がこの部屋に住むようになってから」

　そこに新たに口を開いたのは、先ほどからずっと室内の状況に背を向け、窓際のデスクで旧式のノートPCをいじっていた漆原半蔵だった。

「僕も真奥もお代わりしすぎて、芦屋の献立計画と予算案を浸食しちゃって、それ以来ね」

「ああ……」

「そういう……」

　ようやく千穂と恵美は事情を理解した。

　千穂や恵美が真奥達の日常生活を知るようになる頃まで、魔王城の家計は今よりもずっと厳しく管理されていた。

　中でも米の消費量はエンゲル係数算出の最も分かりやすい指標として芦屋の中で確立してい

たらしく、健啖家である真奥と、人並みに食べる漆原にカレーを供して消費される米の量は、芦屋には看過できないものだった。

「それに、カレーライスのような単品料理は、食べ終わるまでの咀嚼回数が少なくなるため満腹中枢への刺激が不足し、一食の満足度が消費される食材の量に対し効率が良くないと物の本で読んだのです。なので意図的に避けていました」

「芦屋はケチな上に、真奥の健康にもうるさいからね。そういう意味でカレーとかラーメンとかスパゲッティとか、それだけで一食成立しちゃう料理って滅多に出ないんだよ」

「カレーは綺麗に食べきるのも難しいとか言ってたよな。レシピ通りに三人分作ってもお替わりしたら足りないし、かといって六人分とか作ったらとんでもない量になるし」

「それだけで成立しちゃう系の料理が出るようになったの、ベルが引っ越してきてからじゃないかな？　うどん大量にもらったろ。消費するために仕方なくね」

「だな。それでもカレーは遂に出てこなかったが」

「そういうことだったんですね」

　芦屋がカレーを作らなかった理由に思わぬ歴史があり、千穂は驚く。

　そして知ったからこそ、アシエスがこの場にいて、芦屋がカレーという選択を取ったことに、魔王城の発展と芦屋の懐の拡大を思わずにはいられない。

「そうだアルシエル。アラス・ラムスのは、ルーとライスを半々でよそってくれる？」

そんなことを思っていると、恵美の注文が飛び込んできて、千穂は思わず身を竦ませる。

芦屋が配膳の手を止めて尋ねる。

「む、何故だ」

「丸ごとかけると途中で飽きちゃうの。合間合間で白いご飯食べたいらしいのよ」

「分かった、いいだろう」

「ほー。アラス・ラムスはグルメな食べ方するなぁ？」

「ぐぅめ？」

真奥は一人だけお店で出てくるようなカレーを置かれたアラス・ラムスに微笑み、千穂は、なるほどライスとルーで皿を割る派にはそういう事情もあるのかと得心した。

「アルシエル。私の部屋の釜で米が五合炊き上がった。アシエスのお替わり分は、それで」

「……助かる」

鈴乃が、芦屋に小さく耳打ちし、それが聞こえたわけでもあるまいが、芦屋の背後でアシエスが流れるよだれを止めようとじゅるりと口を鳴らす音が、

「食うゾ〜〜！」

という悪魔の唸り声とともに聞こえた。

「待て待てアシエス。よし、皆席についたな。アラス・ラムス、合図頼む」

「あい！」

アラス・ラムスが小さな手をぱちんと鳴らして合わせ、高らかに宣言した。

「いたたきます！」

※

ジャガイモと人参と玉ねぎ、そして豚小間という、最も典型的な取り合わせのカレーライスが、千穂の前で湯気を立てていた。

魔王城ではカレーのルーはご飯の上にまんべんなくかけられる、佐々木家と同じ形式だった。

「あふ、あふ」

舌を灼くのに、熱すぎず、野菜と肉の甘みが炊き立ての米に染み渡った辛口のカレーだ。

ただでさえ空腹に耐えかねていたところにこのカレーが入れば、もう手は止まらないし止められない。

大きめに切られた人参は甘く、肉は柔らかく、ジャガイモと玉ねぎはとろけるようだ。

「ルーは何を使ったの？」

半分くらい食べ進めたところで、ようやく恵美が口を開く。

「こくとろカレーの中辛とバージニアカレーの辛口を一対一だ。アラス・ラムスのはこくとろの甘口だな」

「ふーん。今度やってみよ」

ほとんど作ったことがないと言いつつ、自分なりのブレンドを決めているあたり、さすが芦屋である。

うちのカレーは何を使っていただろうか。

千穂はそれを聞きながら、帰宅してから確認しようと決める。

「やっぱ久しぶりに食うと美味いな。よーく嚙めよアラス・ラムス。芦屋、おかわり頼む。量は最初と同じくらい」

「かしこまりました。アシエスの分は残しておいてくださいね」

「それは何かおかしくねぇか」

「今この場で一番ダイジなことだヨ！　私もオカワリ！」

芦屋が真奥の分をよそっている横からしゃもじを奪い、アシエスは豪快にご飯を盛る。

「絶対アシエスの体の中、物理法則が歪んでると思うわ」

「そんなこと言っていいのエミリア。未来のアラス・ラムスの姿かもしれないんだよ」

アシエスが盛るライスの量に苦笑した恵美に、漆原がにやにやと笑いながら突っ込んだ。

「やめてルシフェル。考えないようにしてるんだから」

「まま、おかわり！」

「あア、ネーサマもおかわリ？　私がよそうヨー！」

「アシエス！　待って！　アラス・ラムスそんなに食べられないから！」

床が抜けるのではないかと思うほど、皆がカレーを巡ってドタバタと駆け回る。

アシエスは義弥が言っていたように、ご飯とカレーをぐちゃぐちゃに混ぜて飲み物のようにカレーを胃に注ぎ込んでいる。

一杯目は芦屋の盛り方に従っていた恵美は、お代わりのときにはご飯との半々がけ。

意外にも漆原も半々がけで、真奥と芦屋は二杯目もご飯の上に全部がけ。

そして鈴乃は……。

「鈴乃さん、それ、いつの間に……!!」

「ん？　カレーライスはこのグレービーボートを使うのが正式な食べ方なのだろう？」

「最初からそれ使ってましたっけ!?」

この狭い食卓にあまりに自然に載っていた『魔法のランプの蓋だけなくしちゃったような銀色の食器』に千穂は目を剝く。

「グレービーポートっていうんですか？　それ」

「グレービー『ボ』ート、だ。舟形だからボートなんだ」

カレーうどんしか食べたことがないと豪語していた鈴乃が得意げにそう言う横から、

「家で食うカレーでそれ使う意味あるか？　汚れ物増やすだけだろ」

真奥が冷静な突っ込みを入れる。

「気分の問題だ。効率ばかりの生き方では、心が豊かにならん」

「最近忘れてたけどお前金持ちなんだよな。金持ちの理屈が貧乏人に通用すると思うなよ」

真奥は顔をしかめるが、鈴乃は余裕の表情。

だがよく見ると、鈴乃はグレービーボートからカレーをよそってライスにかけるとき、一度必ず混ぜてから口に運んでいた。

それを見た千穂は、自分が如何に浅いことで勝手に狼狽えていたかに気がついた。

カレーはそもそも、楽しく美味しく食べるものだ。

そして各家庭にはルーや材料、調理法の選択から独自の流儀があり、食べ方ともなればそれこそ千差万別なのだ。

何が正しいということも、良い悪いということもない。

誰かと一緒に食べるとき、その場の全員が楽しく豊かに食事ができれば、それ以上求めるものは何も無いということに気づいた千穂の心の中から、この二日間学校で抱えたもやもやが、カレーの匂いに乗って窓の外へと消えていった。

「佐々木さんも、お代わりいかがですか？」

そんな食卓を眺めていた千穂の皿がもう少しで空になりそうになったとき、芦屋が声をかけてくれた。

千穂は元気良く、

「お願いします！」

と皿を出した。

※

「あいつらまーだやってんの」

翌日の教室では、まだ何人かが飽きずにケーキやカレーの話題を続けていた。

佳織はそんなクラスメイトを呆れ半分に眺めながら、

「これは目玉焼きに何をかけるかで戦争が起こるね」

「私は醤油」

「ソースっしょ」

親友の佳織とすらここまで分かり合えないことに千穂は苦笑するが、結局のところ、

「まぁ、よっぽどみっともなくなければなんでもいいんだよね」

「そうね。そういうこと気にしなきゃいけない店や場所に行けるようになったら考えよ」

ということなのだ。

昨夜、鈴乃の部屋で炊かれた米まで食べ尽くしたあと、千穂が差し入れたショートケーキがふるまわれた。

そこで、全員がなんらかの方法でケーキを包んでいたビニールについたクリームを舐めとったのだ。

それについて誰も何も言うことはなく、恵美だけがアラス・ラムスに、

「おうちのときだけね？　お外ではあんまりやらないのよ？」

と、極めてファジーで都合のよい注意を入れていた。

恐らくアラス・ラムスは聞いてすらいなかっただろう。

それを見た千穂は、改めて自分がなんてつまらないことで心を乱されていたのだと反省した。

普通の食事は『食卓の皆が楽しく美味しく気持ち良く』が守られてさえいればいい。

それよりも、恵美が魔王城の食卓を『おうち』と言ったことのほうがはるかに重要だ。

「ささちー。なんかいいことあったの？」

「ちょっとね」

微笑む千穂の顔を見てつられて微笑む佳織。

そこに突然義弥がまたばたばたと駆け込んでくる。

「なぁ佐々木、ショージー！　お前ら天ぷらどうやって食べる!?」

「天つゆでしょ？」

「塩一択」

「醤油派は俺だけかよ嘘だろおお!!　衣はサクサク派？　シナシナ派！」

「んなことどうでもいいでしょ。人それぞれだってそんなの」

佳織にいなされ頭を抱える義弥を見て、クラスで笑いが起こる。

「こりゃしばらく尾を引くね」

「そうかもね」

次はどんな派閥争いが起こるのか分からないが、とりあえず、

「今日のお昼はどうすんの？　ささちーはいつも通り弁当？」

「うん。かおは？」

「学食。一緒に来てくんない？」

「いいよ。カレー？」

「この流れでカレーはないわ」

そろそろ空腹を覚える三限目。

千穂は今日のお昼も美味しく楽しく食べようと、心に決めたのだった。

堕天使、家庭の味わいに震える

その日の夕食は、ご飯に味噌汁。サバの塩焼きにほうれん草のおひたし。大皿の筑前煮という、良く言えば鉄板の、悪く言えばどこにでもある、そんな献立だった。

最近はやたらと大人数になりがちな食卓も、珍しくこの日はヴィラ・ローザ笹塚二〇一号室に本来居住する悪魔三人だけ。

「魔王様、ご飯です。テーブルの上を片付けていただけますか」

「ん？　おーう」

「漆原、いつまで動画を見ている。食事の時間だ」

「……はーい」

芦屋の声かけで真奥と漆原が所定の位置からのそのそと動き出し、思い思いにカジュアルコタツについた。

開けられた窓の外からは、とっぷりと暮れた宵闇からかすかに涼しい風が吹き込む。

遠く電車や車が走る音。時折聞こえる近所の家で子供が怒られているような声。

アパート前をスクーターが通り過ぎる音。

静かで穏やかな、日本中どこにでもある夕食時の音だ。

「魔王様、米の量はいかがしますか」

「ちょっと多めで」

「かしこまりました」

「あ、僕も」

「分かった分かった」

芦屋が人数分の白米と味噌汁を器によそい、男三人だけの食卓が整う。

「「「いただきます」」」

三人の声が唱和し、あとは静かに箸の進む音だけが部屋を支配した。

この三人だけだと、意外と話すことがない、と真奥が気づいたのは、恵美を救出してエンテ・イスラから戻ってしばらくしてからのことだった。

アラス・ラムスが生活の一部に加わって以降、恵美と千穂、そして鈴乃も合わせて七人で食事をすることが珍しくなくなったが、いざこうやって男三人だけになってみると、今の三人には特別話すことがない。

アラス・ラムスが現れる以前は、真奥と芦屋の間ではよく先々の生活予算が話題になった。単純に真奥と芦屋の稼ぎや貯蓄が心もとないことに加えて、漆原という不良債権が現れたことで家計がひっ迫したためだった。

だが、現時点でヴィラ・ローザ二〇一号室の魔王城の先行きは、明るい……とまでは言えなかったが、わずかな舵取りのミスも許されない、というほどシビアではなくなっていた。

まず真奥と芦屋が魔力を取り戻したことが、一気に心の余裕を生んだ。

その上で真奥の収入も基本的には安定しており、贅沢をしなければ毎食一汁三菜もなんの問題も無い。

さらに色々懸念が大きかった漆原の無駄遣いも、真奥と芦屋がエンテ・イスラにいる間に彼が入院していたおかげで抑えられていたために収支に大きな余力を生んだ。

本来的に敵である恵美や鈴乃と当たり前のように食卓を囲むのにも慣れ、エンテ・イスラ親征では恵美の背後にいるアルバートやエメラダ、ルーマックらとも非公式にだが交流を得て、一触即発の状態ではなくなった。

今後のライフプランになんの問題もないわけではないとはいえ、今すぐ異世界から天使が攻めてくるようなことでもない限り、真奥達の平穏は保証されたに等しい状態だった。

「結局のところ、ある程度の幸せってのは金で買えるんだよな」

「どうされたのですかいきなり」

しみじみ言う真奥に、芦屋が苦笑する。

「いや、ここんとこ色々激動だったからさ。たまーに何日かこういう落ち着いた日があるとな、しみじみしちまうんだよ」

真奥がそう言いながら、白米のお代わりをしようとしたそのときだった。

「何を言ってるのさ真奥。幸せなんて、ほんのちょっとしたことですぐ崩れるんだよ」

俯きがちに食事を進めていた漆原が、穏やかだが固さのある声でそう言ったのだ。

「ん？」

「一般論を言ったまでさ。僕は当たり前の幸せってやつを、今、心から噛み締めてるよ」

漆原の言葉に、芦屋も箸を止めて怪訝な顔をする。

「真奥。真奥は今、僕が失いかけた当たり前の幸せを、それと気づかずに享受してるんだよ。そのこと自覚してる？」

漆原に幸せを説かれることほど腹立たしいことはないが、普段のようなどこか軽薄で皮肉げな調子ではなく、真に迫った様子があり、真奥と芦屋は顔を見合わせてしまう。

「なんだよ突然」

「突然じゃないよ。真奥、僕に言われるのは腹立たしいかもしれないけど、真奥はこの幸せを維持することをもっと真剣に考えるべきだ」

「はぁ？」

顔を上げた漆原は真剣そのものだった。

そして真奥ではなく、芦屋に顔を向けると、

「芦屋、今日の煮物、凄く美味しいよ」

「……んん？」

「お？」

芦屋は眉根を寄せ、真奥は漆原が何を言ったのか一瞬理解できず、動きを止める。

「……まさか何か大きな買い物をしたくて私の許可を……」

「そんなんじゃないよ。僕は今心底そう思ってる。芦屋が作るご飯って美味しいんだ。真奥。そのことで芦屋に最近感謝したことある？」

「どうしたんだよお前気持ち悪いぞ」

世間一般の家庭における一般論で言えば、漆原の発言は倫理的にも支持されて然るべきものであり、真奥の反応こそが料理の作り手に対して良くない反応と捉えられるだろう。

だが真奥がこう反応してしまったのもやむを得ない。

漆原といえば一流のニートを標榜して憚らず、図々しさが服を着てパソコンの前に座っているような男だ。

それが突然神妙な顔で夕食の作り手に対して正面切って料理の腕を褒め、感謝を述べるなど、何か裏があるか、それこそ天使が漆原の姿で真奥達を欺いているとしか思えないのだ。

だが漆原は漆原で、真奥と芦屋の反応は織り込み済みだったようで、

「まぁ……こんな僕が何を言っても不審なのは分かってるよ。でもね……」

顔を俯かせたまま、呪いでもかけそうな目で真奥をぎょろりと睨んだ。

「真奥さ、額にずっと水滴を当て続けるって拷問、知ってる？」

「芦屋のメシが美味いって話から何をどうしたら拷問の話に辿り着くんだよ⁉　あとそんなんで拷問になんのかよ⁉」

「その拷問の肝は、小さな刺激を一定間隔で、終わるタイミングを知らせずに繰り返すことだ

と聞いたことがあります。身体以上に精神を削るのに役に立つとか」

「解説しろって話でもねぇよ。なんだよお前ら怖ぇよ」

芦屋は芦屋で漆原の言動に混乱したのか、焦点の定まらない目で漆原の言う拷問の内容を解説しはじめる。

真奥は部下二人に物騒な拷問の知識があることに戦慄すると共に、話の着地点がどこにあるのか全く分からず身を震わせた。

「……いや、これは経験しないと分からないことか」

「うちの近所にそんな拷問経験できる場所ねぇだろ」

「……知らないって、幸せなことだね」

漆原はどこまでもあいまいに笑う。

「僕としてはお前らがこの恐怖を知らずに過ごすなら、それに越したことはないからさ……」

そしてそのままもそもそと食事を終えると、

「ごちそうさま。美味しかった」

らしくもなくしっかり手を合わせて、明らかに不自然な一言を付け加えると、のそのそと押し入れの中に帰っていってしまった。

真奥と芦屋は顔を見合わせたまま、漆原に一体何があったのかまるで想像できず、やはりそのままもそもそと食事を終え、その夜は言葉少なに就寝したのだった。

拷問云々はともかくとして、漆原だってたまには芦屋や真奥に日常の感謝をすることもあるだろうと心の中で整理をつけた。

明日には、憎まれ口や悪口雑言というほどではないが決して礼儀正しくもないいつもの漆原に戻るだろうと決めつけていた。

ところが、その予測は早々に裏切られることになる。

「ん……くぁ……おはよう芦屋……」

翌朝の五時。

シフトで早朝出勤する場合にはこのくらいの早起きが常であり、真奥の朝食を作る芦屋はそれに輪をかけて早起きをしている。

芦屋がフライパンで卵焼きか何かを作る音と匂いで目覚めた真奥の声に答えたのは、

「おはよう真奥」

芦屋ではなかった。

「……うおわっ⁉」

真奥は朝日の中に幽霊を見たかのような恐怖を覚えて跳ね起きた。

漆原が起きているのである。

朝五時に、漆原が起きているのである！

「な、なんだ、お前、ね、寝なかったのか。徹夜明けか」

あまりに驚きすぎて覚醒してすぐに回転した頭がその可能性を導き出したのだが、

「そんなわけないじゃん。さっき起きたんだよ」

漆原は言下にそれを否定し、

「……本当です、魔王様」

こちらに背を向けたままの芦屋も、少し声を震わせながら言った。

「私と同じタイミングで起きてきたのです。今日は……世界が滅びるかもしれません」

「出来立ての朝ご飯食べたいだろ。それに僕だけ寝坊したら後片付けが大変になるじゃん」

「……こりゃ世界滅びるわ」

こちらをかたくなに振り向こうとしない芦屋の背を見た真奥は、きっと芦屋も自分と同じように顔を強張らせているだろうと思ったのだった。

※

「おはよーございま……！」

その日の夕方、マグロナルド幡ヶ谷駅前店に時間通り出勤してきた千穂は、挨拶もそこそこに木崎の渋い顔に出くわした。

「なんと言うか、まーくんは本当に分かりやすいと思わないか」

「……はい？」

「動きに精彩を欠いている。表情の変化が鈍い。声の張りが弱い。私生活に問題を抱えているときのまーくんの典型的な症状だ」

「そ、そうですね……ていうか、そうなんですか？」

「ああ。あんなに顕著なのは久しぶりに見た。何か聞いていないか？」

まだ今日は真奥に会っていないのでそんな話を振られても千穂も困ってしまうのだが、このところ真奥の周囲に色々あったことは確かだし、真奥も生き物である以上体や心が疲れることもあるだろう。

「少し前にアルバイト、長めに休んでたじゃないですか。そのときのこととか、そのあとのこととかで疲れちゃってるんじゃないですか？」

千穂が思い当たるのは、漆原が入院していた病院であった一連の出来事だろう。

ヴィラ・ローザ笹塚の大家である志波美輝が、漆原の病室でエンテ・イスラや地球のある側面からの真実を語ったのだ。

だが真奥達に大きな影響を及ぼしたのは、世界創成の真実よりもその場にいた遊佐恵美の『母親』であるライラの出現だった。

天使であり、これまで日本で真奥達を巻き込んできた様々な出来事の裏で糸を引いていた気配のあるライラは、真奥達のこれからの日常生活に明らかに暗い影を落とした。

だが、そんな話を木崎にするわけにもいかず、千穂は当たり障りない反応を示すが、木崎は渋い顔を崩さなかった。

「昨日までは普通だったから、昨日の退勤後に何かあったんだろうな」

「そうですか。そうですよね。私もここ二、三日、真奥さんが変だったって感じませんでしたし、ちょっと様子を見てみます」

「毎度すまないが、気を配ってやってくれ。ケアレスミスが多いというほどではないから、まだ私が何か言う段階ではなくてな」

「分かりました」

これまで真奥が調子を崩して木崎が千穂にそのサポートを依頼する、ということは何度もあったが、今回は非常に中途半端な木崎評だった。

「遊佐さんとまた何かあった……っていうのはこないだのことを考えるとあんまりなさそうだし、お金のことで何かあったのかなぁ」

想い人がお金に困っているかもしれないということに、当たり前に思い至ってしまう是非はともかくとして、ライラのせいで千穂を含め、真奥達が浮き足立っているのは間違いない。

真奥のエンテ・イスラ親征で折角真奥と恵美の関係性に変化が生まれるかと思った矢先に、

些細な違和感を見逃してご破算にされてはたまらない。

「おはようございます、真奥さん」

千穂が二階のカフェコーナーにいる真奥に声をかけ、どんな違和感や危険信号も見逃さないようにしようと緊張を顔にみなぎらせたその瞬間だった。

「待ってたちーちゃん。ちょっと相談したいことがあるんだ」

明らかに顔色の悪い真奥が鬼気迫る様子で千穂に尋ねてきたのだ。

「な、なんでしょう。もしかしてこの間のライラさんのことで何か……」

その迫力に千穂は息を呑んで身構えたが、

「漆原が入院中に脳をいじられたとかそんなことないよな⁉」

「……は？」

その相談の内容は、千穂の想像の遥か斜め下をいくものだった。

※

「今朝な、漆原が俺より早起きしてたんだ」

「は、はぁ……」

「しかも、ちゃんと芦屋の朝食の用意を手伝ってたんだ」

「昨日なんか、芦屋の作るメシが美味いって口に出したんだぜ⁉」

「そーですかぁ……」

真奥の言うことなのに話が右から左へ素通りすることなどなかなかない。

「怖くね⁉」

真奥が真剣に語れば語るほど、力が抜けて接客スマイルが崩れてしまいそうになる。

「真奥さん、気持ちは分かりますけど、良くないですよそういうの」

「え⁉」

眉根を寄せる千穂に、真奥は困惑顔だ。

「そりゃあ確かに今までの漆原さんの生活態度は褒められたものじゃないっていうのは分かりますよ。私も言いたいこと色々ありましたし」

「お、おう」

「でも、漆原さんがきちんと真奥さんや芦屋さんに感謝を示して、生活態度を改めたなら、それは受け入れてあげるべきじゃありませんか？」

「い、いや、いやー、そりゃそうなんだけど……そうなんだけどさ」

千穂の正論オブ正論に真奥は狼狽える。

「まさか漆原さんの前で、今日は雨だとか雪だとか言ったりしてませんか？」

「え、ええっと……」

芦屋と二人で世界が滅びると口を揃えたとはとても言えない空気だった。

「そういうところで本人のやる気を削いじゃ駄目ですよ。漆原さんだって生活態度を改めようと真剣になったのかもしれないじゃないですか。そこで応援してあげないと、次の改善機会がいつになるか分かりませんよ」

漆原を擁護しているようで、千穂は千穂で漆原の生活改善がそれほど長続きしないということに無意識に言及しているのだが、確かに漆原が生活態度を改善しようとしているのなら、それを応援こそすれその意思を挫くようなことを言うべきではない。

「……そうだな。すまん。これは俺達が悪かった」

真奥は悄然としながら気まずそうに頷き、

「芦屋さんもだったんですね」

「あ」

芦屋が真奥と同じ感想を抱いていたと自然に自白してしまい、千穂に冷たい目で見られてしまった。

「ただまぁ、個人的に何がきっかけだったのかってのはやっぱ気になるんだよ……いくらなんでもあまりに急だったからさ。どんな小さなことでもいいんだ、俺達がエンテ・イスラに行ってる間、何か変なことなかったか？」

「それこそ突然入院しちゃったことが大きな変化でしたから、他に何かって言われても……」

「だよなぁ」

真奥はまだまだ思案顔。気持ちは分かるが、恐らく散々悩んだであろう真奥以上に考えられる材料が千穂にあるはずもない。

「それこそ志波さんとかに聞いた方がいいんじゃありませんか？」

「それは嫌だ……あ、いらっしゃいませー」

そのとき団体のお客がカフェに上がってきて、二人の会話は一旦途絶えた。

それからしばらくお客が続いたのだが、不思議なことに一時間ほどして、カフェの利用客はぱたりと消え、その代わりに一階の通常カウンターで注文したお客が二階の席を使う、ということが多くなった。

「下が混んでると大変なんで、私見に行ってきますね」

「悪い、頼んだ」

千穂が自主的に階下に下り、そしてそのまま戻ってこないところを見ると、ちょうどいいタイミングで下の回転に組み込まれたのだろう。

次に千穂が上がってきたのは、彼女が退勤する夜十時だった。

退勤して私服に着替えて上がってきた千穂が苦笑する。

「すいません。そのまま下にいっぱなしで」

「仕方ないよ。どうだった、新作バーガー」

真奥があいまいに尋ねると、千穂は少し複雑そうな顔をした。

「作るのは簡単なんですけど、私は多分食べないと思います」

この日から始まった新作バーガーは『メキシカンマグロバーガー』の名で、ビッグマッグに並ぶ分厚さの黒コショウで炒めたパティに、ベーコンとチリソース、スライスハラペーニョを重ねたパワフルな一品だった。

千穂曰く、注文するお客は圧倒的に男性が多く、小食な女性では持て余してしまうかもしれないとのこと。

「私そんなに辛いの得意じゃないんですよ。そもそも味が濃いですし」

「そうか。まぁそうかもな。試作させてもらったときは確かにあれにポテト重ねるのはキツいかもって俺も思ったし」

「あれですね……物凄い節制したあととかだったら食べられるかもしれないです。ダイエット明けとか？」

「ダイエットって明けることってあるのか？」

「あるんですっ！」

「まぁでもそうだな。薄味が続いたあととかの濃い味って沁みるよ……な」

「ええ、そうなんです。私、ガブリエルさんのせいで入院したじゃないですか。退院したらご飯が美味しく……て」

この瞬間、真奥と千穂の脳裏で、何かが思考の核を掠めた。

それは目覚めた直後に思い出せなくなる夢のように捉えどころのない感覚であったが、二人はわずか数秒、その感覚を必死で繋ぎ止めた。

「節制……」

「退院……」

そして二人は、その回答を導き出す。

「「あっ!!」」

その日帰宅した真奥は、部屋の中で一人憔悴しきった芦屋の姿を発見する。

「……大丈夫か」

「……分かっているのです。頭では、これこそ本来あるべき姿なのだと……ただ……」

芦屋は、エンテ・イスラ親征で手に入れた魔力の塊を外に出して押し入れの中に籠もっている漆原の方を見ながら、うつろな目で言った。

「やはり、この状況は不自然です。素直に私に感謝して、献立を褒めちぎる漆原など……その言葉の裏にどんな使い込みが隠れているのかと思うと……」

積み重ねたマイナスの信頼がここにきて何故か漆原本人ではなく芦屋に効いているのがなんとも不憫である。

だが、真奥は既に漆原の変化の理由を突き止めていた。

なので芦屋に小さく耳打ちする。

「……は？」

「できるか？」

「できない……ことはないと思いますが、ちょっと冷蔵庫と相談して……」

怪訝な顔をした芦屋はのそのそと立ち上がって冷蔵庫を覗き込む。

「……可能だと思います。ですがそれをしてその後どうすれば……」

「こいつを出してやる。多分それで……俺達の生活は、元に戻る」

そう言って真奥が取り出したのは、マグロナルドの持ち帰り紙袋だった。

※

翌朝、昼出勤だった真奥が七時頃にゆっくり目覚めると、やはり既に漆原は目覚めていて、神妙な顔で食卓についていた。

「おう、今日も早起きだな」

「まぁね」

芦屋に対して、また食事に対して誠実に向き合っている漆原に文句をつけるのは良くないことだ。

だが、やはり不自然なものは不自然なのだ。

さらに言えば、漆原が改善したのはあくまで食事に対する姿勢のみ。

早起きはするが食事が終わると即眠るし、おやつのゴミなどは相変わらず散らかしっ放しだし、決して生活の全てが勤勉になったわけではなかった。

これまでの積み重ねた数々のマイナスが、食事の態度が人並みになったくらいでプラスに転じるわけもなく、むしろ半端なプラスが過大評価されるのは漆原のためにもならないし、つまりは結局のところ。

「俺達が落ち着かない。お前はもっと普段通り図々しくいろよ」

「は？　いきなり何」

「なんでもね。芦屋、今日の朝飯は？」

「出汁巻き卵ですね。申し訳ありません、今日買い物する予定でしたので冷蔵庫の中身が不足していて、少し味噌汁の具が少ないです」

ごく普通の出汁巻き卵に、ネギとわかめの味噌汁。さやいんげんとソラマメとしめじの炒め物に冷ややっことご飯。

品目だけで言えば、朝食には十分すぎるほどの内容だ。

「それじゃ、いただきます」

「どうぞ、召し上がれ」

「いただきます……ん？」

漆原は最初に炒め物に箸を伸ばし、しめじを口に入れ、すぐに怪訝そうに眉を上げた。

そして味噌汁を手に取り、一口する。

「え？」

「……」

真奥と芦屋は、黙々と食べ進める。

漆原は狼狽えた様子で、今度は出汁巻き卵に手をつけるが、それぞれの皿に三切れずつ配られていたそれを一切れ、一口で食べてから、何かを確信して芦屋を見る。

「ねぇ芦屋」

「……なんだ」

「味、薄くない？　全体的に」

「……そうか？　私はそう思わないが、魔王様はいかがです？」

「……まぁ、健康的でいいんじゃないか？　俺達ももういい年だし」

「なんで二人とも僕の目見て喋らないの」

殊更に目を合わせないでいる二人から不審な気配を感じ取った漆原は、それでもまた炒め物の皿を取り、大きく一口。

「薄いよ！　やっぱ薄いよ！」

「うるさいぞ。黙って食べろ」

「いや、どうしたのさ！　炒め物は火が通ってるだけでぱさぱさしてるし、味噌汁はなんか水っぽいし、卵焼きは塩味も甘さも足りない気がするよ⁉」

「魔王様はいかがです？」

「俺達ももういい年だし」

「悪魔の王がメタボ気にする中年みたいなこと言うなよな⁉」

漆原が普段通りの調子を取り戻してきて、芦屋と真奥は顔を伏せて、少しだけ安堵で緩んだ顔を隠す。

そして表情に驚愕と緊張をにじませる漆原に、芦屋はこともなげに醤油の瓶を差し出す。

「味が足りないなら醤油をかければどうだ？」

「冷ややっこ以外は醤油ダイレクトに足して美味しくなるおかずじゃなくない⁉」

「どうしたんだよ、昨日までらしくもなく芦屋のメシを美味い美味いって言ってたのに」

少し白々しいかと思いながらも、真奥は芦屋に追随する。

「今日のだってどこかマズいか？」

「マズくはないけど、じゃあ美味しいかって聞かれると美味しいって堂々と断言しきれないこのギリギリのライン攻めた味付けはさ！」

漆原は箸を折らんばかりに握りしめ、搾り上げるように言った。

「この前まで食べてた……病院の一般食みたいじゃないかっっ！」

入院患者のための食事。一般的に『病院食』と呼ばれるものの中でも治療に当たり特段の制限があるものを『特別治療食』。制限の無いものは『一般食』と呼ばれる。

真奥達のエンテ・イスラ親征の間に入院していた西海大学医学部付属病院で、漆原はこの一般食と呼ばれる分類の病院食を提供されていた。

「僕料理のことはよく分からないけどさ！　なんでこんな病院食っぽさ再現できるわけ!?　この、家や外で食べるのに、塩気とか、甘みとかがあと半歩絶妙に届かない感じがさ！」

半ば悲壮感すら漂わせる漆原の訴えに、芦屋はなんでもないことのように言った。

「単に厳密にカロリーと、口座残高を計算しただけだ」

「はあ!?」

「魔王様の親征で来月の収入は普段より少なくなる。それに今魔王様も仰っていた。最近我々の食事内容はやや贅沢だ。定期的な運動をしているわけでもないのだから、摂取カロリーは極力抑える必要があると考え、実験的にこの献立を用意した」

「な……な……な……！」

漆原は、言葉を失ってしまう。

「インターネットで一般的な成人男性の消費カロリー、摂取カロリー、そして一日当たりの理想の運動量を調べてみた。そして私と漆原は決して一日の運動量は多くないことが判明し、魔王様の食生活はアルバイトの事情も相まってややカロリー過多な傾向が見て取れた。我らもこれからどれほどの間日本で過ごすか分からんのだ。食事から健康面を見直すことは必要だろう」

「い……一応聞くけど、僕らは魔力さえあれば原則死なないよね……？」

「逆に聞くが、朝食の味が少し薄くなっただけでそれほど狼狽える貴様が、魔力を肉体に戻して今後何も食べない、などということができるのか？」

「う」

漆原は再び言葉に詰まる。

真奥はエンテ・イスラで往時に迫る魔力を取り戻し、それをそのまま日本に持ち帰った。

それは芦屋や漆原に余裕で分配できる量で、そのことを知った漆原は最初、その魔力を使ってもっと生活を楽に送ることを提案したが、普通に過ごして魔力はいざというときのために貯金をするという真奥と芦屋の方針に屈してしまった。

「か、勘弁しろよ」

そして、悄然と項垂れてしまった。

「病院で、一番辛かったのがこれなんだよ……あの大家の目が怖くて、買い食いも満足にできなかったしさ……真奥も……知ってるだろ？　日本に来たばっかのとき、入院したことあるんじゃないのかよ……」

「いやぁ、あのときの俺まだ、この世界のメシの味、よく知らなかったから……」

病院食の味や満足度は年々改善されているが、それでもどうしても一般的な家庭料理や外食に比べて薄味になる。

その原因の一つに、摂取栄養価とカロリー量を、管理栄養士の監修の下、多くの入院患者の健康に寄与する最大公約数的な絶妙なバランスで計算していることが挙げられる。

一般的な病院食は、三食通して最大で二二〇〇キロカロリー前後を摂取できるように計算されている。

米一つとっても調理法やグラム数によって十段階以上に分類され、その他の献立も入院患者の病態に応じて細かい分類の中から厳選されたものが提供される。

その結果、外の食事に比べて圧倒的に制限されるのが、脂質と塩分だ。

脂質と塩分を栄養学的な適量に制限すると、どうしても普通の食事に比べて味覚に対する訴求力が不足する。

逆に言えばそれだけ日常の食事では、科学的に裏付けされた適量以上に、脂質と塩分を摂取してしまっているのだ。

「ぐ……真奥も芦屋も知らないんだ……見た目はハンバーグなのに、軽い肉……薄いソース……あんなの、食べた気がしない……最初から別のものだって言われて出されたほうがまだいいよ……」

「それはいいが食わんのか。昼まで何もないぞ」

「ひ、昼はどうするつもりだよ！」

「そうだな。油を落とした油揚げに小松菜のおひたしと、塩分カットの焼き鮭に、野菜たっぷりのコンソメスープなどを考えているが」

「誰かから僕の病院食の献立聞いた⁉ なんか聞き覚えあるんだけど！ そこに酸っぱいだけのヨーグルトがついたら完璧だよ！」

「私は貴様が入院していたことすら知らなかったんだぞ。聞くわけがあるまい」

漆原と芦屋の会話を聞きながら、真奥はなんだかようやく日常の食卓が戻ってきたような気がして、小さく微笑んだ。

やはり魔王城の食卓は、こんな具合に賑やかでなければならない。

「まぁ俺もエンテ・イスラで色々食いすぎたのもあってさ、俺から芦屋に頼んだんだ。しばらく節制メニューにしてくれって。悪いな」

「病院食で耐えてた僕に、旅先の美味しい物の話するつもり⁉ 怒るぞ！」

「まぁそう言うなって。お前が文句言うだろうと思ってたから、昨夜の土産やるよ」

「はぁ⁉」

真奥はそう言うと、隠していたマグロナルドの紙袋を取り出し漆原に渡した。

「何、これ」

「昨日新発売のバーガー。メキシカンマグロバーガーって言ってな。がっつり系の究極みたいなやつでな。物足りなかったらこれ食ってくれ」

「……」

漆原は疑り深い目で真奥を睨みながらも、紙袋は素直に受け取る。

「昨日のってことは、冷めてちょっと固くなってんじゃないの」

「レンチンしろよ。別に悪くなったりしてねぇから」

漆原はもう朝食には目もくれず、紙袋から大ぶりのバーガーを取り出してレンジにかける。

少し温めただけで、漆原が病院食とまで評した朝食の気配を一気に掻き消す、濃厚なチリソースと黒コショウの匂いがレンジから溢れ出してくる。

それだけで漆原はごくりと喉を鳴らし前のめりになり、温めが終わるとレンジの蓋をもぎ取らんばかりに開いて、手の中の熱さに耐えながら自分の席に戻ってくる。

そして包み紙を引きはがし、暴力的な香りに恨みすらあるかのような形相でかじりついた。

そのまま巨大なバーガーが消えるまで、二分もかからなかった。

「……これだよ……」

「ん」

「こういうのを……ずっと食べたかったんだ……カロリー制限なんて、人間のやることじゃない」

「俺達悪魔だけどな」

「悪魔ですね」

「悪魔なら暴食しろよっ！　どこの世界にカロリー気にして朝食薄味にする悪魔がいるんだよっ！」

「なんでもいいから口の周り拭け。ソースでべたべたになってんぞ。ガキじゃあるまいし」

「これ美味しいけど食べにくいんだよ！　それと芦屋！　僕塩なし焼き鮭なんて嫌だからね！　焼きそばとかにしてよ焼きそば！　そっちの方が芦屋も簡単だろ！」

ハイカロリーの濃い味バーガーを食べきって満足したのか、漆原は中断していた薄味の朝食を再開する。

真奥と芦屋はその様子を見ながら、いつもの調子が戻ってきた漆原を見て安心したような目配せをした。

「やっぱお前の作る朝飯って魔法だわ。いつも悪いな」

「恐れ入ります。ですがもう、何も無いところからスクランブルエッグを作るような生活には戻りたくはないので、魔王様におかれましては、何卒ご健康を維持されますよう」

「気をつけるが、俺もこの味付けを毎日ってのは勘弁してほしいとこだな」

※

「なんだと言うんだ……！　朝から、暴力的な香りを漂わせて、嫌がらせか！」

漆原が普段の調子を取り戻したその頃、隣の二〇二号室で一人朝食をとっていた鈴乃は、共用廊下や窓から進入してくるメキシカンマグロバーガーのチリソースと黒コショウの香りの暴威に蹂躙されていた。

鈴乃の目の前にあるのは小盛りのご飯と味噌汁と、ワカメとかにかまの酢の物の小鉢だけ。

「今日から……節制をと……心に決めていたのに……ぐうっ……」

真奥とアシエスと共にエンテ・イスラ親征に出た鈴乃は、暴食する割に必ず最後で詰めを誤るアシエスの残り物処理係を、真奥と共に務めてしまった。

結果、日本に帰ってきた彼女を待っていたのは以前よりわずかに余裕が少なくなった襦袢と帯という手ごたえ。

「……ダイエット……じゃない……そんな体にはなっていない……私は節制を至上とする聖職者……暴食は、罪……暴食は……」

強い自制心でもってなんとかメキシカンマグロバーガーの誘惑を断ち切った鈴乃だったが、

その日の昼、炒めた豚肉の脂とソースの香りを撒き散らし、そして大量の焼きそばが炒められる音と気配に理性が崩壊し、泣きながらアパートを飛び出してお気に入りの店の大盛カレーうどんに手を出してしまったのだった。

聖職者、再利用の方法を検討する

呼び鈴が鳴った。

「ん？　今のはうち……か？」

暖房器具を使ってもどこか冷える部屋の中でぼんやりと、クリスマス料理や正月料理の特集を組んだ雑誌を読んでいた鈴乃は、怪訝な顔で玄関を振り返った。

呼び鈴が鳴ったのに、うちか、もないものだがそれも仕方がない。

鈴乃の住むヴィラ・ローザ笹塚二〇二号室の呼び鈴が鳴ることなど滅多にない。

恵美がやってくる場合は呼び鈴が鳴る遥か前にアラス・ラムスの楽し気な声が聞こえてくるので、鈴乃の方から顔を出してしまっていた。

隣の魔王城の面々は、特別改まった用があるときですらドアをノックし、そうでないときは窓越しやドア越しに声をかけてくる。

ヴィラ・ローザ笹塚には『防音』という概念は存在しない。

だからこそ魔王城も鈴乃もお互い気を使うときは使い、用があるときは少し大きな声を出すことで済ませてしまう。

結果、二〇二号室の呼び鈴を鳴らすのは恵美と千穂くらいのものだった。

だが、今日は特に誰とも会う約束はしていないし、来るという連絡もなかった。

一瞬、二〇一号室の呼び鈴が聞こえてしまっただけかと思ったが、一応立ち上がりかけると、顔をそちらに向けたおかげで今度ははっきり自室の呼び鈴が鳴っているのが分かった。

「っと、はいはい、どちらさまですか」

慌ててぱたぱたと玄関を開けると、そこに立っていたのは意外な人物だった。

「お届け物です」

知り合いではないが、顔と正体は知っている人物。

普段は二〇一号室にやってくる、佐助急便の配達員の男性だった。

日頃漆原が真奥のカードを使って勝手にやっているネット通販の商品を届けに来る人物で、鈴乃は何度か共用階段や外ですれ違い、会釈をし合ったことくらいはあるのだが、彼が荷物を自分の所に届けてくるのは初めてのことだった。

彼が手にしているのは、内容物がまるで想像できない一抱えほどの段ボール箱だったが、片手で支えるその姿から、重さはさほどでもなさそうなものだった。

「あの、うちですか？」

だが、誰かから届け物が来るなどというシチュエーションは、現時点での鈴乃には全く想定外のことだった。

なのでついそう尋ねてしまい、実質初対面も同然の人間になれなれしかったかと後悔したが、

「ええ、今回は」

男性は少しだけ二〇一号室を見て微笑んだ。

お互い会釈でしか知らない間柄ではあるが、二〇一号室の漆原を通じた知り合いと言えな

くもないのだった。

「こちらにサインかハンコお願いします」

「え？　あ、そ、そうか」

「あ、よければペン」

想定に無い出来事で、ペンや印鑑などを手の届くところに常備していなかった鈴乃(すずの)は、配達員が差し出してきたボールペンと彼が差し出す紙片を受け取り、

「こ、ここでいいのだろうか」

小さな字で恐る恐る受取人サインを書き込んだ。

「はい、どうも。重くないんで、ここでお渡ししてよろしいですか」

差し出されたものを受け取ると、確かに軽いが、中身は詰まっているような感触があり、金属同士がかすかに触れ合うような軽い音も聞こえた。

「ありがとうございました、失礼しまーす」

鈴乃(すずの)が受け取ると、男性は軽く会釈(えしゃく)し、素早く去ってしまった。

宅配便一つで随分動揺してしまったことを反省する鈴乃(すずの)は、とりあえず今すぐ玄関にペンを常備しようと考えながら、貼りつけられた伝票を見る。

「とはいえ、一体誰から……ん？　エミリアから？」

書かれている差出人の名は恵美(えみ)だった。

恵美からの荷物なら妙なことは無いだろうが、かと言って恵美から何か荷物が来るという心当たりもなかったので、また鈴乃は腕を組んで悩んでしまう。

「まぁ、中を見てから考えるか」

自分でも何をこんなに悩んでいるのかと馬鹿馬鹿しくなり、鈴乃はとりあえず何が届いたのかを確認して、内容次第で恵美に確認の連絡をしようと考えた。

「む？」

テープを剝がして箱を開けると、そこにはぎっしりと新聞紙が詰まっている。

「なんだ、割れ物か？」

表面の新聞紙を丁寧に取り除き、やがて、

「……あっ！」

新聞紙の群れの中から、見覚えのあるものが、重なった状態で出てきた。

一見小ぶりな鍋やフライパンやアルミの弁当箱のようなもの。

それは、見覚えのあるキャンプ用の調理器具の数々だった。

「何故今これがエミリアから……あ」

鈴乃が気づきやすいようにという配慮か、重なった鍋の中に小さな封筒が入っていて、そこには恵美のものではない文字で、

『クレスティア・ベル様』

と、西大陸の徳ウェズ語で宛名が、日本語で本文が書かれていた。

『日頃、エミリアのためにご尽力いただき感謝いたします。これらの調理器具類だけは私が手で運べるものでしたので、急ぎお返しします。エメラダ・エトゥーヴァ』

道理で恵美からなんの連絡もないはずだ。

これを送ってきたのは今恵美の部屋に逗留しているエメラダだったのだ。

つい先日、恵美がエンテ・イスラに囚われていた際、救出に向かった鈴乃はエンテ・イスラに持ち込んだものをほぼ全て、エンテ・イスラに放置したまま日本に帰ってきてしまっていた。

その最たるは業務用スクーター・ジャイロルーフだが、これは真奥とアシエスが無茶をやらかした末に大破させてしまい、そもそも持ち帰れる状況でなかった。

一方で持ち込んだキャンプギア一式は、エンテ・イスラでの道中で逗留した宿に、真奥が丸ごと置いてきてしまったことが後に発覚した。

その判断自体は、かかる状況ではやむを得ないことだったと鈴乃も思っていたのだが、どうやらエメラダ達はそうは思っていなかったようだ。

「そうだな。これは私が迂闊だった」

鈴乃は内側がテフロン加工された、非常に軽いアルミ鍋をつまみ上げ反省する。

『新しい金属』とはその存在だけで、歴史を変え得る力を持っている。

鈴乃と真奥とアシエスが旅した東大陸のエフサハーン帝国はエンテ・イスラの一天四海五土

に覇を唱えんとする野望を隠さない。

そんな国にアルミニウムやステンレス鋼で作られた金属器を放置するなど、あり得ないことだった。

「一つ借りができてしまったか」

エメラダは恵美を取り巻く人物の中で最も『公の立場や権力』を重視している人間である。

恵美が最も信頼する親友であり、エメラダも恵美に対してだけは常に肝胆相照らす間柄であることを表明しているが、それ以外の人物に対しては、エメラダは『神聖セント・アイレ帝国宮廷法術士』の立場がその表情に浮かび上がる。

今回のこの届け物に関して言えば、

『急ぎお返しします』

のくだりは、これらのギアの回収にそこそこ手間がかかったことと、こちらの不手際をちくりとやってきた部分。

『エミリアのためにご尽力』

のくだりは、エフサハーンでの働きを評価し、チャラにする、という意味合いに取らねばならない。

鍋よりも遥かに大きくエンテ・イスラの文明にそぐわないスクーターについて何も言及が無いのは、おそらくだがこれらのギアを放置したことと比べて、やむを得ない仕儀であったと判断されているからだろう。

「とはいえ、だ」

借りの清算はすぐにできるものでもないので一旦横に置くしかないが、当面の問題はこの戻ってきた調理用キャンプギア一式をどうするかだった。

「う〜〜〜む……」

この先、果たしてこの調理器具を使うことがあるだろうか。

「ないな」

シンプルに、鈴乃自身がキャンプをしない。

キャンプギアはキャンプで使う際に便利に作られているが、日常生活で常用するにはやや不便だ。

『やや』の理由は大きさだったり、その軽さだったり、容量だったり色々なのだが、キャンプではあれほど便利な道具達が、家庭生活の中に入ると不思議と絶妙にマッチしない。

「魔王やアシエスがキャンプをするとも思えんし、だからと言ってそう何度も使っていないのに捨てるというのも……」

急いで処分しなければならないものでもないのだが、鈴乃とてこの手狭なヴィラ・ローザ笹塚、六畳一間の住人である。

使用頻度の低い食器や調理器具は極力死蔵したくないのだ。

「誰かに譲ってもいいが、かと言ってキャンプをする人間に心当たりは無いし」

緩衝材になっていた新聞紙を一枚ずつ伸ばして畳み、段ボールから伝票を剥がして解体して畳みながら、結局考えが纏まらない。

「やはり捨てるしかないか？　いや、届けてもらったのにすぐ捨てたなどとエメラダ殿に知られたら、色々面倒なことになりそうだな。折角お届けしたのに～、とか言われそうだ……」

容易に想像できてしまい、勝手にげんなりする。

「……仕方ないな。こういうときはやはり……」

鈴乃は梱包材を片付け終わると立ち上がり、そして。

※

「あのさ、そろそろお前もパソコンなりスリムフォン買えよ」

押し入れの冗談で寝そべっている漆原は、当たり前のように正座してこちらを見上げている鈴乃に、忌々しげな顔をしながらも提案する。

「それくらいの金あるんだろ？　何か分からないことが出てくる度にうちのＰＣ使いにくるなよな」

「それこそ滅多に使わないものに金を投じる必要が無いからな。インターネット回線を引くのもコストがかかるだろう」

「だからって人んちの回線好きに使っていい理由にならないだろ」

「なんだ、そのことか」

鈴乃は涼しい顔で、自分のらくちんフォンを取り出し漆原にメール画面を差し出した。

「その回線の料金を払っている魔王にはきちんと許可を取ったぞ。ルシフェルのパソコンで調べ物をさせてくれと言ったら、好きに使っていいと返事をもらった」

「はあああ⁉」

漆原は信じ難いものを見た顔で、押し入れの上から身を乗り出した。

「なので、すまないが調べてもらえるか？　なんならパソコンを貸してくれ」

「……あのさ」

「ん？」

漆原はメールの画面から目を離すと、眉根を寄せたまま尋ねた。

「何かあったの？」

「何か、とは？」

鈴乃は携帯電話をしまいながら、首を傾げた。

「……いや、例えば僕が入院していた間とか、エンテ・イスラに行ってる間とかさ」

「もちろん色々あったぞ。大体のことはルシフェルにも話は通っているだろう？」

今更何を、と素で疑問の表情を浮かべる鈴乃に、漆原はさらに顔を顰めた。

「いや、そういうことじゃなくてさ、そういうことじゃなくて、なんかこう上手く言えないんだけど……佐々木千穂とも、エミリアともなんか違うって言うか」

「はっきり言え、何が言いたい」

「……ぶっちゃけお前、何か急に僕らや真奥に対して気安すぎない？」

「ああ」

鈴乃はそこまで言われて、ようやく頷いた。

「確かにそうかもしれんな。ふふ」

「はぁ？　認めんの？」

意外そうに驚く漆原を見て、鈴乃は笑顔を浮かべないようにするのに苦労した。

今の鈴乃が真奥に対して気安くなったかと問われたら、その通りだと答えざるを得なかった。

それこそあの調理用キャンプギアが活躍した東大陸での夜。

魔王サタンの『王』としての告白を聞いたあのとき、鈴乃の心の中で真奥貞夫という『人間』に対する印象が決定的に変化した。

もちろん敢えて漆原に話す必要は無いし、もっと言えばあの夜のことは『告解』がなかったとしても、決して誰にも言えないことだった。

「それで、そろそろパソコンを貸してはもらえないか？」

「……何が知りたいの」

漆原もこれ以上鈴乃と問答するより、素直に言うことを聞いてさっさと帰ってもらう方が良いと判断したのか、起き上がって押し入れの二階から足を下ろしてPCを膝の上に乗せる。

「キャンプ用調理器具の便利な使い方、という感じかな」

鈴乃も、漆原がPCをいじらせてくれるとも思っていなかったため、素直に漆原に検索を任せる。

「はー、はいはい、キャンプ用調理器具の……当たり前だけど、そのまま検索してもどのメーカーのがいいとか、目的別の道具の選び方とかそんなページばっかり出てくるけど、そういうことが知りたいんじゃないんだろ」

「そうだな。魔王のエンテ・イスラ親征で購入したキャンプ道具を持て余しているんだ。何か有効な使い方がないかと思ってな」

「親征ね」

何かと真奥側に立った物言いをする鈴乃に違和感を覚えながらも、面倒なので漆原は突っ込まない。突っ込まないまましばらくPCを操作して、ぽつりと呟いた。

「……キャンプって流行ってんの？」

「は？」

「色々検索の仕方変えてみてるんだけどさ、何やっても結局さっきと似たような結果しか出ないんだ。どのメーカーのキャンプ道具がいいとか、こんなキャンプ料理がいいとか、そんなのが延々続くんだよ」

「手を抜いているのではないだろうな」

鈴乃の渋い顔に、漆原は肩を竦めてPCの画面を差し出してくる。

「そんなに言うなら自分でやってみれば。もうこの四、五分の間に僕、テッパンのクッカーとスキレットがどれか大体分かったもん」

鈴乃は唸った。

「むぅ……つまり、持て余している者はいない、ということか？」

「いないことはないんだろうけどね。でも趣味の道具を気合い入れて揃えたのにやらなくなって持て余しちゃって、なんて話、あんま外聞良くないじゃん。そんな話オープンにしたいって人は多くないってことじゃないかな」

「それは……まぁ、確かにな」

「単なるブログ系記事だけじゃなくてそこそこ有名な芸能人の動画みたいなのも出てきたし、こりゃちょっと無理じゃない？　本来の目的以外の再利用は」

「……そうなのか……」

インターネットで調べれば何かのヒントが得られるかと思ったが、これは当てが外れたらしい。

「何か今時のキャンプって、野外の環境と雰囲気をどれだけ快適演出して楽しむかがポイントって感じするからさ、なんなら調理用キャンプギアって下手な家庭用の調理器具より高機能だったりするっぽいじゃん」

快適演出云々はともかく、高機能云々は鈴乃自身が身をもって実感したことでもある。

「今のベルがやろうとしてることって、便利な機能を敢えて縛るみたいな感じなんじゃないかな。キャンプ以外の革命的な別の使い方とか、多分無いよ、これ」

「そうなのか……やはり誰か譲れる人を探すしかないか」

「ま、それがいいかもね。あとはもうネットオークションに出しちゃうとか」

怪訝そうだった鈴乃の表情がさらに曇った。

「……ネットオークションは、何か、ちょっと気おくれするな」

「は？　なんで」

「トラブルも多いと聞くし、見ず知らずの人間と個人情報や金銭のやりとりをするのは少し怖いな」

「あ、そ」

魔王や天使に恐れず立ち向かい、エンテ・イスラの二大帝国を股にかけてトラブルを調停する『デスサイズ』の異名を取った元異端審問官の口から『ネットオークションのトラブルが怖い』ときたものだ。

だがこんなことにいちいち突っ込むほど漆原は気力に満ちた生き方をしていない。

「じゃあもう諦めたら？　実際もうこのピックアップ系の記事以外だと、あとはもうマナー講座とかレシピ系の記事しか出てこないもん。もう検索ページ三十ページ目越えてるしさ」

「マナーやレシピ……まぁ、そうだろうな。火の扱いは危険を伴うし、ゴミを出さないことも重要だ」

「ん。そうだね。レシピもなんか、特定の素材を軸に、とか汚れ物を出さない、とか簡単キャンプギアスイーツを、とか難しいんだか簡単なんだか分からない記事が……」

「何？」

そのとき鈴乃は、その思いがけない単語に耳を疑った。

「待てルシフェル。今なんと言った」

「へ？」

「簡単、なんだと？」

「え？　簡単キャンプギアスイーツ」

「スイーツとは、あれか？　菓子類やデザートという意味でのスイーツか？」

「他に何があるの」

逆に尋ね返されてしまった。

「いや、しかし、スイーツ？　どういうことだ？」

「どういうことも何もないでしょ、何がそんなに意外なの？」

鈴乃があまりに狼狽えているので、漆原も驚いてしまう。

「だって、スイーツだなんてそんな……ちょっと見せてくれ」

「わ」

鈴乃は漆原の手からPCを奪い取ると、そこには、明らかに家庭料理の範疇を越えた、一手間かかったスイーツの写真が掲載されていた。

チョコフォンデュやフレンチトースト、パンケーキやスモア、プリンやブリュレなど、種類も多様だ。

「これ、できるな。これも、持ってる……だが、こんなこと考えも……」

「マジで？」

漆原にしてみれば、鈴乃がキャンプスイーツについて全く知らないという態度を見せている方が意外だった。

この十分弱の間に、閲覧こそしなかったものの、キャンプスイーツについて特集タイトルをいくつ見たか分からない。

漆原の目から見ても、キャンプ料理をする者の間では、キャンプスイーツはごく当たり前に存在するジャンルだと分かったほどだ。

「何、まさか今までスイーツ作れるって全く考えてなかったってこと？」

「考えたこともなかった……バターを予め塗ってから……そうか」

鈴乃は呆然と答えるが、それでもページをスクロールする手は止まらない。

「一応聞くけど、なんで？」

「……その」

鈴乃はPCの画面から目を離さずに、少しだけ自分の不明を恥じるように言った。

「そもそも『野営』で甘い物を作ったり食べたりしようという発想がなかった」

「あー、そういう」

鈴乃は敢えてキャンプではなく野営という言葉を使ったことで、漆原も事情を察した。

一般的には『キャンプ』はレジャーであり、遊びの範疇だ。

だが先だってのエンテ・イスラ親征も含め、鈴乃にとってのキャンプは、仕事の一環で行う『野営』だった。

鈴乃が大法神教会の宣教部で異端審問官をやっていた頃の旅の野営では、食材の持ち運びや調達は効率こそが全てであり、極端なことを言えば味や栄養価など二の次三の次。

真奥やアシエスと共にエンテ・イスラを旅したときは、そもそも持てる食材の量が多くなかったことと、人里に立ち寄れるタイミングも多かったため、そもそもスイーツを作ろうなどと考えたこともなかった。

「これも、これも……それにこれも良さそうだ、でかしたぞルシフェル！」

「誰目線だよ」

満面の笑みを浮かべる鈴乃の物言いに、漆原はげんなりと肩を落とす。

「少し待っていろ」

「ん？」

鈴乃はカジュアルコタツの上にノートPCを置くと、ぱたぱたと外に出ていってしまう。

足音とドアの音で、二〇二号室に戻ったことは分かった。

少しだけ部屋を歩き回る音がしたかと思うと、また二〇一号室に戻ってくる。

「もう少しだけ貸しておいてくれ」

喜色満面の鈴乃の手には、ペンとノートが握られていた。

そして鈴乃はカジュアルコタツの前で正座すると、少しだけ背中を丸めて食い入るようにPCの画面を見つめ、ちまちまとマウスでスクロールしながら、レシピをノートに書き写しはじめたのだ。

「…………あー」

押し入れの二段目で足をぶらぶらさせながら、漆原は一応鈴乃に声をかけた。

「アドレス、あとで送ってやろうか？」

「いや、それには及ばん。今ここでさっと書き写してしまう。そこまでの手間はかけさせても悪いからな」

「…………はいはい」

開いたページにはかなりの数のレシピが載っていたような気がするのだが、それを全て手書きで書き写すのにどれだけ時間がかかるのだろう。

「ま、らくちんフォンじゃ表示できないかもしれないしな。はーあ……」

漆原は色々を諦めて、押し入れに身を横たえるとゆっくりと目を閉じたのだった。

※

「あれ？」

ヴィラ・ローザ笹塚の敷地に入る前から漂ってくる甘い香りに千穂の頬は緩んだ。

「なんだろ。ケーキかな？　なんかフルーツっぽい香りもする」

スペシャルなスイーツの予感に浮き立ちながら共用階段を軽やかに上がると、共用廊下に踏み込んですぐ、二〇一号室の扉が開いて漆原が出てきた。

「やっぱりこっち来た」

「あれ？　こんばんは漆原さん、あの……」

「今日は外」

「へ？　外？」

今日はいつもの魔王城での夕食会ではなく、鈴乃と千穂だけで一緒に夕食を、という約束だったのだが、何故その案内に漆原が出てくるのだろう。

「いいから。裏庭でベルが待ってるよ」

「は、はぁ……分かりました」

どういうことなのか分からないまま踵を返した千穂は、漆原の口元にビスケットの粉のようなものがついていることには気づかなかった。

千穂が階段を下りるのを聞いた漆原はその粉を指で拭うと、小さく笑った。

「ま、試食の役得もあったから、伝言役くらいは、ね」

※

そこに繰り広げられている光景に、千穂は思わずたじろいだ。

裏庭には鈴乃の家庭菜園があるはずだが、その奥にはニット帽をかぶってマフラーを巻いて厚手のダウンコートを羽織り、デニムパンツにムートンブーツを履いた鈴乃がいて、何やらその場で料理をしているらしい。

アウトドア用のテーブルの上にカセットコンロを二つ並べ、さらにキャンプ用の特殊な形状のガスコンロが一つ。

妙に小さなフライパンや鍋が、三つのコンロに載って湯気を立てている。

あのスイーツの香りも発生源はどうやらそこのようで、千穂の気配に気づいた鈴乃は、顔だけ振り向いた。

「ああ千穂殿、ちゃんと厚着はしているな」

「す、鈴乃さん、何やってるんですか？」

色々な意味で鈴乃が何をしているのか分からないまま、千穂は恐る恐る近づいていく。するとそこにはおそらく千穂と鈴乃が座るためのアウトドアチェアが二つ用意されていた。

「まぁかけてくれ。寒かっただろう」

今も大分寒いのだが、差し出されたカップを手に取った千穂は、思わず喉を鳴らした。

「いい匂い……これ、アップルティーですか？」

「アップルジンジャーティー、と書いてあったな」

「書いてあった？」

首を傾げるが、とにかく体が冷えていたのでまずカップに口をつけた。するとわずかにとろみのある香りの強い紅茶がお腹の底から体を温めてくれた。

「これ、美味しいですね！」

アップルティーは通常は茶葉それ自体からリンゴの香りがするものだが、このアップルティーは普通の紅茶にすりおろしリンゴを入れているようだ。

それが生姜と、おそらくはちみつ、わずかにシナモンも入って飲みごたえととろみがあり、飲み物なのに、さながらデザートスープのような『食感』があった。

「それであの……もしかして、どこかにキャンプとか行くんですか？」

「いや？　何故そう思うんだ？」

何故も何もこれを見せられたらキャンプの予行演習以外の何物でもないと思うのだが。

「エンテ・イスラの旅で使ったキャンプ道具をなんとか使う方法を考えていたんだ。今日はその試食会に付き合ってもらいたくてな」

「試食会……それで、こんなに」

「あ」

鈴乃ははっとして千穂の横顔を見た。

「ダイエット中、ということはないな？」

「えっ？　してませんけどなんで……わ」

問い返す千穂の眼前に、チョコレートを纏い柔らかく溶けて湯気がくゆるマシュマロがつきつけられる。

「今夜のカロリー量は、いささか暴力的だ」

鈴乃は突きつけた灼熱のマシュマロを、さらにビスケットで挟むではないか。

「スモア、というらしい」

と喉を鳴らした。
鈴乃は聖職者らしからぬ、罪深い笑顔を浮かべ、これから始まる暴食の予感に千穂はごくり

外はサクサク、中はあつあつトロトロのチョコレートスモアを皮切りに、冬空の下のホット
スイーツ劇場が幕を開ける。

マシュマロとざく切りにしたバナナを焼き、マシュマロに軽く焼き目がついたらクラッシュ
アーモンドとブルーベリーを入れ、マシュマロが溶けはじめる頃合いに、
「参考にしたメニューにはここでパウダーシュガーと書いてあったが、それではただ甘くなり
すぎるだけだと思ってな」

鈴乃が取り出したのはなんと、きな粉だった。

くつくつと煮えるマシュマロの上から豪快にきな粉をふりかけると、木べらでケーキかピザ
のようにベース部分のマシュマロを切り分け、皿に載せてフォークと共に千穂に差し出す。

ブルーベリーときな粉の組み合わせは意外な気がしたが、クラッシュアーモンドの食感とき
な粉の淡い甘さの中でブルーベリーの酸味が引き締まり、それが翻ってきな粉とマシュマロの
甘さ、そしてアーモンドの香りを強調してくれる。

「さて、そろそろこちらがいい感じかな？」

千穂がマシュマロの熱に翻弄されている間に、今度は千穂の前にアルミ弁当箱に持ち手がついたようなものを差し出した。

「なんでしたっけこれ」

鈴乃がこれらのキャンプセットを買ったときには千穂も付き添ってはいたのだが、内容を全て把握しているわけではなかった。

キャンプ用の調理器具は特殊な名前のものも多い。

「メスティンという名らしいが、要するに飯盒だな。米を炊くときにも使えるらしい。まぁ今回は……」

「ぷりんっ！」

マシュマロきな粉を熱さに耐えて舌先で転がしながら千穂は叫ぶ。

濃厚な卵とバターの香りが昇り立ち、食べる前から甘さが心を蹂躙してくるようだ。

「ふふふ、これだけではないぞ、ここからさらに……」

鈴乃の手にはグラニュー糖の袋が握られており、沸き立つプリンの上に惜しげもなくかける。

「普通ならガスバーナーを使うのだろうが、これは法術を使える者の特権だな」

指先から炎をちらつかせると、ザラメの上に小さく火種を放り込んだ。

ふわりと空気が動き、次の瞬間にはザラメが程良く溶け焦げてブリュレ風のメスティンプリンが完成した。

「私、そういうのってザラメでやるものだと思ってました」

「ザラメは美しく焼き上がるが、その分難しいと聞いてな。私は初心者だし、本格的にカラメリゼする必要もない簡単なところからと思ったんだ。さ、好きなだけ取ってくれ」

メスティンそのものは決して大きな調理器具ではない。

だがそれでも『鍋一杯のプリン』を好きなだけスプーンで取り分けるのは、全人類の夢だ。

「っ……！　くぅー……！」

プリンの熱が喉から食道を伝うのが分かる。

熱湯のように熱いプリン。

外気温が低いせいで余計にその熱さが際立ち、胃に落ちてなお、熱せられた石炭のように千穂の体に熱を供給する。

千穂は思わず着ていたダウンコートの前を開けて、大きく息を吐いた。

「甘いものばかりでは飽きてくるし腹にも溜まらんからな。次はこれだ」

閉じられた蓋の隅からクッキングシートが覗いているスキレット。

その蓋が開かれると、そこにあるのはマシュマロすら凌駕する勢いでチーズが溶けたピザだった。

白いモッツァレラチーズがレモン色に焼き上がり、濃い赤色のスライストマトがたっぷりと載っている。

「かわいい生地ですね。これも作ったんですか？」

スキレットの直径にピッタリのピザ生地に驚く千穂だが、鈴乃は首を横に振った。

「流石にピザ生地は市販品だ。上のトッピングだけ工夫した。キャンプ料理は既製品や市販品を予め用意してから作ることの方が多いらしいんだ。私も意外だったんだが……」

鈴乃がエンテ・イスラで宣教の旅の最中の野営で料理をする際には、当然だが日本の感覚で言う『市販品』を用意することは稀だった。

鈴乃個人の聖務で旅をする際には保存の効くパンや塩漬け肉や燻製肉などを使ったスープが主な野営食で、数十人単位で行う巡礼や宣教の旅の場合は、逆に製粉された小麦粉や野営用の竈を輸送する輜重隊がいるため、街中の食事に近い性質のものが供されていた。

だが日本で言うキャンプ飯は街中で食べるものと似て非なる独自の体系が築かれていると鈴乃は考えていた。

味のクォリティは街中の料理と遜色なく、それでいて食感や見た目は繊細さよりも野外調理ならではの趣を重視し、敢えて素材を大きめに切ったり、市販品を工夫して効率化を追求することに重点を置いている。

「やろうと思うならこのピザも甘くしていいぞ？　トマトは糖度が高いものを。モッツァレラチーズの下にはクリームチーズを塗ってある。タバスコとはちみつ、どちらをかけても美味しくなる」

「そんな極端な二択あります⁉　う――……半々で！」

切り分けられたハーフのピザをさらに半分に切り分けてもらい、片方にはタバスコを少しだけ。片方にははちみつを少し多めにかけた千穂は、そのピザを両手に持って交互に一口ずつ齧った。

「ほ、ほんとだ……」

行儀悪くはちみつ側のピザを嚙みながら、千穂は両手のピザを交互に見た。

モッツァレラの下に重ねられたクリームチーズが甘みも塩味も底上げする効果があるようで、かかっている調味料の味だけでは説明のつかない味の大きな変化を起こしていた。

ピザをしっかり平らげたところで一息ついて、またアップルジンジャーティーを一口飲み、千穂は大きく白い息を吐いた。

「鈴乃さん、サウナって入ったことあります？」

「ん？　あるぞ。以前駒ヶ根で泊まったホテルの大浴場にサウナがあったし、それにエンテ・イスラにはサウナ形式の浴場が多い。突然どうした？」

「いえ、理屈の上では逆なんですけどね、鈴乃さんが外で料理してた理由が分かったんです。辛いもの食べたわけでもないのに、なんか暑くて」

千穂は言いながら、コートの下のセーターの襟をぱたぱたと仰いだ。

「この寒い中でものすごく熱いもの食べるから、その温度差でお部屋の中で食べるより何倍も……なんだろ、サウナから出た後の水風呂につかるみたいに……」

「整う？」

「それそれ。それです。正直よく分からないですけど、なんかそんな感じします。はぁ……」

鈴乃は千穂のカップに温め直したアップルジンジャーティーのお代わりを注ぐ。

「それで」

「ん？」

「このあと、これで何かするんですか？」

「え？」

「試食会って言ってたじゃないですか。ということは、本番があるんですよね？」

「……ああ、まぁそういうことだ。千穂殿を実験台にしたようで悪いが、率直な感想を聞かせてくれ。どうだった？」

「大前提としてすっごい美味しかったです。意外性もあって、外だからわくわくしますし」

「うむ」

「その上で、デザートパーティーみたいにするんなら、和風スイーツみたいなのがあってもいい気がしました」

「なるほどな。餅を入れた汁粉も考えたんだが、深い鍋の数が限られていたからな」

鈴乃はポケットから取り出した携帯電話をいじりはじめる。千穂の意見をメモしているのだろう。

「お餅ならお汁粉もいいですし、ピザ生地とも合うと思いますよ。お汁粉作っちゃうとお鍋一つ埋まっちゃって洗うのも難しいですから、スイーツピザとかならリンゴやバナナとかでもバリエーション作れる気がします」

「確かにな。極論。部屋でベースだけは作っておいて温めるだけにしておくという手も……」

真剣な口調で『次回』を検討している様子の鈴乃の横顔をしばらく見て、千穂は少し考えてから言った。

「エメラダさん、ですか？」

鈴乃ははっと顔を上げて千穂を見た。

「何故分かった」

「今になって鈴乃さんが出す料理に慎重になる相手って、エメラダさんくらいしかいないかなって思って」

「敵わんな。千穂殿には」

鈴乃は苦笑すると、これらの調理用キャンプギアがエメラダから送られてきた経緯をかいつまんで話す。

「……という訳で、借りを返すのとキャンプ用具の有効活用の見当も兼ねてこういうことになったんだ。実際、これがなかなかスイーツ作りに最適でな」

調理用キャンプギアは普通のキッチン用品に比べ基本的に小さいため、一〜二人前のスイーツを作るのに最適なサイズをしているのだ。

普通の食事を一人前だけ作るのは効率が悪いが、スイーツやデザートを作るのであれば一人暮らしの鈴乃には最適な量になる。

肉や野菜と違い、家庭で作れるスイーツの材料は一つ組み合わせを変えるだけで雰囲気が大きく変わる。

頻繁に使うわけではないが、たまに好みのスイーツを作るためなら、キッチンの片隅にしまっておいても問題はない。

「そういうことだったんですね。でも、覚悟しておいた方がいいですよ？　エメラダさん、あの大柄なアルバートさんと同じくらい食べますから」

「な、何！」

鈴乃は動揺する。

「エメラダ殿がアルバート殿と同量をだと？　い、いや、それ以前に千穂殿は、あの二人と食事をしたことがあるのか？」

「鈴乃さんと知り合う前ですけどね。回転寿司で、まだエンテ・イスラに慣れてない頃の私には信じられないくらい凄い量を食べてました」

「ううむ、そ、そうか」

小さい器具で程良い量を、というコンセプトがいきなり根底から覆されて一瞬動揺するが、

「まぁ、それならそれで腕の見せ所ではあるな」

「かもしれませんね。でも……」

「ん？」

「色々聞いてて思ったんですけど、エメラダさんの手紙って本当にそんな意味があったんでしょうか。その、鈴乃さんが借りを作っちゃった、みたいな」

「いや、だからそれは……」

「だってその前に鈴乃さん、エメラダさんのこと助けてますよね、確か」

「……え？」

鈴乃は意外そうに目を見開くが、千穂は顎に指を当てて思い出しながら続ける。

「ほら、エンテ・イスラに行ってる間のこと聞かせてもらったとき、そんなようなこと、言ってませんでした？」

鈴乃はしばし瞬いてから、

「あっ‼」

千穂の言うことにようやく思い当たった。

確かに鈴乃はアルバートと共にエメラダの窮地を救ったことは救ったが、鈴乃が意図してその結果に到達したわけではないため、自分がエメラダを助けたという意識が無かったのだ。

「だからどっちかというと、エメラダさんの方がこのことで鈴乃さんの貸しを返してくれたんじゃありません？」

「……ああ……そうかぁ」

鈴乃は脱力して肩を落とすと、自嘲気味に笑った。

「……駄目だなぁ。私は」

「そ、そんなに気を落とさなくても……」

思いの外暗い声だったので、逆に千穂が慌ててしまう。

「エメラダ殿をもてなしたい気持ちは間違いなくあったんだ。ただ、なんというかどこかでまだ、エメラダ殿に対して私から壁を作っていたということにな、少しだけ」

自己嫌悪を抱いてしまった。

大法神教会の高位聖職者と神聖セント・アイレ帝国の高級官僚であるエメラダの間には、本人たちの意思に関わりなく、立場が作る溝がある。

「でも、そういうものじゃないですか？　初めからお互いフラットな気持ちで友達になるって、案外無いと思いますよ。私と鈴乃さんだって、そうだったでしょう？」

「……そうだったな」

「大丈夫ですよ。エメラダさん食べるの大好きですから、きっとお友達になれますよ」

少し丸くなってしまった鈴乃の背をさすっていると、ダウンのポケットの中で、千穂の携帯電話が震えだした。

「ちょっとすいません、電話が……あれ」

「どうした？」

「いえ、すいません、ちょっとだけ」

千穂は立ち上がると、少しだけ鈴乃から離れて着信していた電話を取った。

「もしもし」

『夜分にすいません～……実はちょっと相談がありまして～』

気もそぞろなのが電話越しにも明らかなその声は、話題のエメラダのものだった。

「どうしたんですか？」

『実はその～、先日ベルさんにタクハイビンを送ったんですけど～、慣れない日本語で手紙を書きまして～』

「はい」

何故か千穂は、口角が上がってしまう。

このあとエメラダが何を言い出すか、何故か分かってしまったのだ。

『あとから色々考えたら～もしかしたら失礼なこととか～、誤解を招くようなことを書いちゃってないかなって不安になりまして～』

恵美に相談しようとしたが、無意識に伝票で恵美の名前を使ってしまったため、もし間違ったことをしていたら気まずいと思ったらしい。

「……ふふ」

千穂は不思議そうにこちらを見ている鈴乃を振り返ってから微笑んだ。

「誤解を招いたかどうかは分かりませんけど……多分、問題ないと思いますよ」

『そ、そうですか～？　まだ私、何を書いたか何もお話ししてませんけど～……』

「カン、ですかね」

『あの～……』

「あ、すいません。そうだ。エメラダさん、甘いものって好きですか？」

『え、ええ？　まぁ～、好きかと聞かれれば大好きですけどぉ～』

千穂の背後で、エメラダ、という名前が聞こえたのか、鈴乃が驚いて立ち上がる気配がする。

千穂は一応、既に知っている手紙の内容をもう一度聞いてから、さてどうすれば鈴乃とエメラダが直接連絡を取ってスイーツパーティの約束ができるかを、ぼんやりと計画しはじめた。

その頃には鈴乃のキャンプスイーツで熱された体も少し冷え、エメラダと話しながらダウンコートの前を閉じる。

少しだけ冷めた体と引き換えに、お互いの距離感を測り合っている鈴乃とエメラダが、千穂や恵美と同じように気の置けない友人になれる予感が千穂の心を温めるのだった。

勇者、健康管理意識を高める

ロッカールームの空気はただでさえ重苦しいのに、そこに大勢のため息が重なってもはや凝縮した低気圧の如きプレッシャーを漂わせていた。

「今日はキたわ……過去イチでボディーに来たわ……」

「ですねー……こういうの、ニュースの中だけにしといてほしいですよねー……」

鈴木梨香と清水真季の鬱々とした声を聞きながら、恵美は一人静かに着替えていた。

恵美達の勤めるドコデモお客様相談センター新宿営業所の更衣室はこの日、全日に渡って問い合わせの回線がパンクしてしまっていた。

原因は前日の夜の、東京23区全域に渡る広域通信障害である。

勤務開始直前、恵美達が待機するコールセンターに日頃常駐しているフロアリーダーではなく、ドコデモ本社の施設管理部門の責任者がわざわざ現れて事態の説明に当たった。

それだけでもスタッフが息を呑むには十分だったが、責任者曰く、影響が及んだユーザーの数は甚大であり、総務省から原因究明の命令が出るほどの重大事件であったということらしい。

「……」

それを聞いて出勤した全てのスタッフが青ざめたが、恵美一人だけは他のスタッフとは違う理由で青ざめ俯いてしまった。

なぜなら恵美だけは、その原因を知っていて、なおかつその原因の当事者であり、さらに言えばその原因が解明されることは決してないことを知っているからである。

この日の前日に恵美は、エンテ・イスラからアラス・ラムスや〝進化聖剣・片翼〟の核となる世界組成の宝珠イェソドのセフィラの欠片を狙う天使達と、東京タワー、東京スカイツリー、そして新宿ドコデモタワーで干戈を交えた。

　そのうちドコデモタワーでは、漆原と鈴乃が東京タワーから発せられる天使のソナーに対抗するため、携帯電話の周波数帯をジャックしてソナーを打ったため、東京23区全域で一時間に渡る通話不能時間帯を生み出してしまった。

　いくら調査したところでそんな原因など判明するはずもないし、恵美達としても自分達が原因だと名乗り出るわけにもいかない。

　ただ、エンテ・イスラの事情で同僚のみならず東京23区内の多くのドコデモユーザーの通信インフラを危機にさらした事実に変わりはないため、恵美としては責任者の説明を冷や汗を流しながら聞くしかなかったのである。

　そして始業と同時にあらゆる回線が一斉に火を噴きはじめる。

　当然大きなトラブルの翌日なので問い合わせ内容も苛烈を極めるものが多く、問い合わせ一件当たりの平均対処時間は平時の三倍を超えた。

「本当に……ねー、疲れたわ。本当一発目から……うん、まぁ疲れた」

「ですよねー……ホント……お昼のあれは……はぁ」

　疲れ果てた様子の梨香と真季はぼそぼそと愚痴めいた声を漏らすが、それでもその口調は曖味で、具体的なことは言わないし、言えない。

恵美も梨香も真季も非正規雇用の立場ではあるが、コールセンターのスタッフである以上、顧客との通信内容を他者に漏らすことは許されない。

コールセンターの問い合わせの中には、『少々過激な』ものも存在する。

多くの消費者にとって携帯電話会社のコールセンターは困ったときや不明な点があったとき、納得いかないことがある場合にコンタクトする場所だ。

それが通信事業者側のトラブルでサービスが利用できなくなったとなれば、スタッフにとっては『少々過激なお問い合わせ』が舞い込む確率は急増する。

その分だけスタッフのストレスは幾何級数的に増大してゆき、行き場のないため息が更衣室に置き去りにされるのである。

「だあああ！　こんなときはもう食うしかない！」

会社を出たところで梨香が吼えた。

「恵美！　真季ちゃん！　ご飯……！」

「あっ、すいません梨香さん私今日……」

「デートか！　デートかなんかか！」

「いきなりなんですかぁ！」

夕食の誘いを食い気味に断る真季に、さらに梨香が食ってかかる。

「そういうんじゃないんです！　今ちょっとダイエット中なんです！」

「ダイエットぉ？」

それまで黙り込んでいた恵美も、ここでようやく口を開く。

「ダイエットって……真季ちゃん、例のジム、まだ続けてるのよね。大丈夫なの？」

恵美は以前、真季の案内で、大声を出すことのできる本格的なトレーニングジムに体験入所したことがあった。

異世界で魔王軍を討伐した経験のある恵美から見てもそれなりにハードなトレーニングを積める施設だと思っていたが、あれほどの運動を日常的にしながらその上ダイエットなどしたら、健康に悪影響がありそうだ。

「はい。週三回。あ、大丈夫ですよ？　ちゃんと栄養は計算して取ってますし、それにパーソナルトレーナーついてるんで」

「パーソナルトレーナー？」

聞きなれない言葉に恵美は首を傾げる。

「何かあれでしょ、筋力とか毎日の摂取カロリーとか栄養とか織り込んで筋トレさせてくれるって人のことでしょ？　真季ちゃんあんた」

梨香は絶対に逃がさないという姿勢で真季ににじり寄った。

「金持ってんのね。パーソナルトレーナーって高いんでしょ」

「目が怖いですよぉ……」

「奢ってやろうかと思ったけど必要ないなぁこれはぁ」

「と、とにかく！」

真季は梨香から逃れると、少し距離を取る。

「最近梨香さんとご飯行くと結構重めになるんですもん。今日お昼は気合い入れなきゃいけないからきちんと食べた分、夜は控えないとトレーナーさんに怒られちゃうんですよ！」

「クソっ、恵美、こんなことある？　私は仕事のストレス抱えてやけ食いしようとしてんのに、後輩の若い子は体鍛えてストレスに負けずに節制に励もうとしてるのを見せつけられてるんだぜ……私は自分の弱さが情けないよぉ……」

「梨香、もうお酒入ってるんじゃないの」

まだ会社の前から一歩も動いていないのに絡み酒が酷い梨香を、恵美も真季も少し遠巻きにする。

「もー、分かりました、分かりましたよぉ。それじゃあ私の知ってるお店でいいですか？」

「本当っ⁉」

絡んだかと思えば夕食に付き合ってくれるとなると、梨香は急にすがるような目になる。

「その代わり、梨香さんが満足できるか分かりませんよ？　そういう人用のメニュー出してるお店なんで」

「そういう人用？」

「いわゆる本格的にダイエットする人向けのレストランです」

「えええええ～？」

ダイエッター向けと聞いて、梨香は突然顔を顰める。

「絶対そういう反応すると思いました。多分想像と全然違うんで、行ってから驚いてください。遊佐さんも一緒に行きましょうよ」

自信ありげに腰に手を当てて恵美も誘う真季だが、恵美は首を小さく横にする。

「ごめんなさい、今日は私はパス。先約があって」

「えー、じゃあ今週どこかで私のジムが無い日に、絶対一緒に行きましょうね」

「ええ、分かったわ」

「デートか！　デートなのか！　笹塚行ってまお……！」

「鈴乃とね！」

真奥の名を出そうとする梨香の機先を制し、鈴乃の名を出した。

兼ねてより梨香は恵美と真奥の関係性を面白がる悪癖があるが、真季の前で妙なことを口走られても敵わない。

「何か伝言しておく？　鈴乃の隣の芦屋さ……」

「わあああああ！　そーね！　都合は人によりけりだね！」

ダシにするネタとしては恵美に取ってあまり気持ちの良い名前ではないが、梨香が真奥の名を出そうとするのだから仕方がない。

芦屋の名を出されかけて梨香は慌てて前言を撤回する。

「うん！　そんじゃ行こうか！　真季ちゃん！　お店どっち！」

「新宿駅の線路越えた向こう側です。遊佐さんも駅までは一緒に帰りましょうよ」

「ええ、そうね」

新宿の雑踏を歩きながら、ふと恵美は真季を見る。

「真季ちゃんが今やってるダイエットって、大変なの？」

「え？」

「だってトレーナーさんについてもらってるんでしょ？　私、ダイエットのことはよく分からないんだけど、専属のトレーナーさんがついたらどんなことしてくれるの？」

「基本はトレーニングのコーチですよ。ご飯のことについてはスリムアップにしろバルクアップにしろきちんと栄養管理すると効率良いし怪我や体調不良も防げるから、食べたものの写真とか送って監督と分析してもらうって感じですかね」

「ご飯を評価してもらうってこと？　それで、何か変わるの？」

「だって一人で節制って難しいじゃないですか。すぐチョコとかラーメンとかから揚げとか食べたくなるじゃないですか。でも他人の目があるとやっぱ頑張ろうって思うし、ごまかせないなって後ろ向きな気持ちでも一応節制できるし」

「ふぅん。そういうものなんだ」

「遊佐さん、ダイエットのときとか一人で我慢できるんですか？」

「私？」

恵美はしばし考えてから、ぽつりと言った。

「私、ダイエットしたことないから分からないかな」

それは恵美の偽らざる正直な言葉だったのだが、その途端、梨香と真季は目を見開いて叫んだ。

「「マジで⁉」」

迫真の声に、異世界の勇者は本気でたじろいだ。

永福町の自宅マンションに戻った恵美は、大急ぎで夕食の準備に取り掛かるが、融合状態から分離したアラス・ラムスは、既にかなりご機嫌斜めだった。

「ままー、もうおなかすいたー！　おなかすいたー！」

「はーいはい、すぐにできるわ。ちょっとだけ待ってて！」

仕事が忙しい日は、頭の中でアラス・ラムスの相手をすることが難しくなる。

梨香には鈴乃と会うと言ったが、実際はそんな約束はなく、一刻も早くアラス・ラムスを外に出してやりたいために、真季の誘いを断ってしまったのだ。

カットした豆腐と増えるワカメを適当に鍋に放り込んで味噌汁の下準備をしてから、冷凍しておいた古いご飯を緩めに解凍する。

余り物の蒲鉾とちくわを細かく刻み、冷凍グリーンピースとシーフードミックス、缶詰のコーンを開けフライパンに放り込んで大胆に炒める。

出来立て熱々のご家庭チャーハンはそのままだとアラス・ラムスが食べるには熱すぎるので少しだけ冷まし、その間に弱火で温めていた豆腐とわかめの鍋に味噌を溶く。

「んー、これだけじゃちょっと彩りが悪いわよね。トマトはもう使いきっちゃったし、何か野菜残ってなかったかな」

冷蔵庫をひっくり返すがアラス・ラムスが素直に食べてくれそうなめぼしい野菜は残っておらず、

「焦らずに帰りにきちんと買い物してくれれば良かったなぁ。今更言っても仕方ないけど」

「ねぇままーまだー？」

アラス・ラムスの我慢も限界に近いようで、

「はいはい、もうできたわよ」

恵美は味噌汁とチャーハンをアラス・ラムス用の食器に盛りつけ、アラス・ラムスの席のランチョンマットの上に置く。

「いただきます！」

「ちょっと、まだままが席についてないわ。一緒に、でしょ」

アラス・ラムスの皿のチャーハンはきちんと茶碗に詰めた後にそれを裏返して綺麗なドーム型に盛りつけたのだが、自分のチャーハンは食器にヘラで適当に盛りつけて、手早く恵美も席につく。

「はい、それじゃいただきます」

「いただきます！」

アラス・ラムスは早速チャーハンを崩しにかかり、恵美も一口自分の口に運びながらふと目の前の皿に目を落とす。

ある程度冷凍具材を入れたとはいえ、品数は少なく見た目も茶色ばかり。

ダイエットもしたことなければジムのパーソナルトレーナーのことなど知りもしない恵美だが、この食卓をパーソナルトレーナーとやらに見せたとき、アラス・ラムスのような子供にも、自分のような大人にも、最良とは言い難い食卓であるような気がした。

恵美は冷蔵庫から牛乳を取り出すと、アラス・ラムスのコップに注いでチャーハンの横に置く。

「アラス・ラムス」

「なーに……みるく?」

「今日はいっぱい牛乳飲んでね」

「うん。わかった」

あとから出てきた牛乳を不思議そうに見ながらも、アラス・ラムスはチャーハンのスプーンを置き、両手でコップを持ち牛乳を一気に飲み干した。

「ぷひゃー」

アラス・ラムスは飲み干すとわざとらしく大声を上げ、恵美はテーブルの向かいからアラス・ラムスの額を指先でつつく。

「こーら。そういうことするの、ぱぱかルシフェルね」

「えへへ」

自分に対しての言い訳のように出した牛乳を満足げに飲み干したアラス・ラムスを見て、恵美は複雑そうに微笑んでから、自分も言い訳のように牛乳をグラスに入れた。

その後、アラス・ラムスをお風呂に入れながら、ふと恵美は浴室の鏡に映る自分の体を見る。

「ダイエットかぁ……そういえば前に千穂ちゃんがダイエットするとかしないとか言ってベルに神学校の体操教わってたわね」

脱衣所でアラス・ラムスの全身を拭い、保湿クリームを塗ったところで、

「あつー」

アラス・ラムスがまだ湿った長い髪を振り乱しながらリビングの方に駆けていってしまう。

「あ、こら、まだ髪の毛乾かさないと！　もう」

恵美は腰に手を当てると、アラス・ラムスが脱ぎ捨てた服や、使ったタオル、スリッパなどが散らばった脱衣所を一瞥して、今度は洗面所の鏡を見た。

「そんなこと言われても……よくよく考えると、体重計持ってないのよね」

※

「マジですかっ」

通信障害が発生した日から四日後。

笹塚駅前に新しくできたショッピングモール、ブレンド笹塚の中に入っているカフェで、退院したばかりのはずの千穂はそのままテーブルを乗り越えんばかりの勢いだ。

ダイエットをしたことがないと言ったときの梨香や真季を越える迫真の形相の千穂が迫ってきて、恵美は軽く身を引く。

「百歩譲ってダイエットしたことないのはいいです。でも体重計持ってないって本当ですか⁉」

「ちーねーちゃ、なに？　らいえっと？」

「いーの！　アラス・ラムスちゃんは今のままのプニプニモチモチでいて！」

「あん」

流石にテーブルを乗り越えるまではしなかったがわざわざ席を立って、オレンジジュースを飲むアラス・ラムスを抱きしめにかかった。

恵美はといえば、千穂のテンションにやや引き気味だ。

「ええ、だ、だって、体重計って必要？」

「必要ですよ！　だって体重計がないと体重分からないじゃないですか！」

「だから、どうしてって！　どうして体重を知る必要があるの？」

「どうしてって！　体重が分からないと太ったとか痩せたとか分からないじゃないですか！」

「……えっと、だからどうして太ったか痩せたか分からないといけないの？」

「どうしてって、それはもちろん、えっと、ええっと……えっと……それは」

それまで気炎を上げていた千穂の顔が、急激に焦りに彩られてゆく。

「だ、だって、太っちゃったら困るし……」

「困ると言えば困るけど」

恵美に悪意はない。悪意はないが、

「服とかなら直すなり買い替えるなりすればいいし、もし太ったって思ったら運動して痩せればいいと思うんだけど……」

すると突然、千穂がこれまで見たことのない顔になった。

表情を失い、恵美に対する感情を一切喪失したかのようだ。

「正論吐いて楽しいですか」

「千穂ちゃん⁉」

およそ千穂らしからぬどろどろした音に、さすがに恵美も驚く。

「遊佐さん、今の話、エンテ・イスラのこと知らない人の前で言ったら絶対にダメですよ。友達失くしますよ」

「え、ええ……ご、ごめんなさい」

千穂のあまりの迫力に、恵美は素直に謝罪した。

「い、一応言い訳させて。その……」

「分かってます。今日本だけじゃなく、主に先進国でフードロスの増大が問題になってます」

「あの、千穂ちゃん？」

「コンビニやスーパーや飲食店での廃棄食品の量はまだまだ減らせる余地がありますが、そもそも『フードロス』の概念自体が、飽食という罪の証。私達地球人類が向かい合わなければならない罪です」

「えっと、そのー……」

「食べられる物を捨てる……きっとエンテ・イスラでは、あり得ないことなんですよね。食べすぎて太るとか、食べられる機会に食べずに減量するとか、信じられないんでしょうね」

「うーん、まぁ、そうね、そういう……」

「でも！」

「はいっ⁉」

「……それはそれとして、今の私達の環境では、フードロスをなくすためにも、健康寿命を延ばすためにも、ダイエットは社会生活と切っても切り離せない要素なんです。そこは、分かってください」

「はい、分かりました」

恵美が姿勢を正したところで真剣に頷いたところで、千穂はようやく息を吐いて顔に感情を戻したので、恵美も緊張を解いた。

「え、ええっとその、け、健康がどうこうで思い出したけど、どう？　その後、体調はおかしくなったりしてない？」

元々この日、恵美が千穂に会おうとした理由はこれを確かめるためだった。

東京タワーでのガブリエルとラグエルとの戦いで、千穂の体には一般的な地球人類の許容量を超えた負荷がかかったはずだ。

その直前にも、天使達が発したソナーの影響で千穂は入院の憂き目に遭っており、恵美は鈴乃と交代で千穂の経過を観察することにしていたのだが、東京タワー戦後の状況を確認するための前座としてダイエットの話題を振ったらこの有様である。

「特別どこかが痛いとか具合が悪くなるようなことはないですよ。真奥さんも鈴乃さんも何かと心配してくれてますし」

「そう？　ならいいんだけど……」

「そんなことより遊佐さん、本当にダイエットしたことないんですか？」

「もう！　その話は勘弁して！」

「いえ、大事なことですよ。遊佐さんはいいかもしれませんけど、アラス・ラムスちゃんのことを考えたら、やっぱり体重計はあった方がいいと思います」

「アラス・ラムスのため？」

「前からちょっと疑問だったんですけど、遊佐さん、アラス・ラムスちゃん抱っこしてて『重い』って感じたことありますか？」

「……そういえば、無いわね」

「なぁに？」

二人に注目されて、アラス・ラムスは首を傾げた。

「正直言って、私の力だとアラス・ラムスちゃんって結構重いんです。ここで抱っこしたら、笹塚駅まで抱っこし続けるの、絶対無理です。でも、遊佐さんの力だったら、多分ここから永福町まで抱っこのまま歩いていけますよね」

「まぁ、多分それくらいはね。やろうとは思わないけど」

「アラス・ラムスちゃんが今正確に何歳かとか、体の作りとかが同じかどうか分からないですけど、子供の体重の増減はきちんと見ておくべきだと思いますよ」

「……それは」

アラス・ラムスの健康管理。

体を冷やさないように、風邪をひかないように、お腹を空かせたり怪我をしたりしないようにという気づかいはしてきた。

だが、おいそれと医者に連れていくことができない上に、エンテ・イスラの法術でも治癒や治療ができるかどうかも現時点では不明だ。

事実上の我が子として赤ん坊、乳幼児として接しつつも、どこかで大天使ガブリエルを単身で圧倒した超人的な身体能力が恵美を油断させてはいなかっただろうか。

「それに、遊佐さんだって健康管理きちんとしなきゃですよ？　もしかしたら風邪ひいたり体調崩すこともあるかもしれないじゃないですか」

「私が、風邪……あ」

日本に来てから、恵美は風邪一つひいたこともなかった。

だがそのことは、これから風邪をひかないという保証になりはしない。

もし恵美が体調を崩したり、熱を出して立ち上がれなくなったりしたときに、恵美と融合しているアラス・ラムスになんの影響も無いと誰が断言できるだろうか。

直接的に体調不良が伝播するというようなことがなかったとしても、恵美が体調を崩して食事が作れなくなったらと考えると……。

「……」

恵美は無言でスリムフォンを取り出すと、さっと通販サイトを流し見する。

「値段も機能も、ピンキリなのね」

ピンキリとはいえ、安価なものでも多くの指標に基づき使用者の健康状態を計測できる体重計は多いようだ。

中にはスリムフォンにアプリをダウンロードすることで、長期的に健康管理ができるものもあるらしい。

しばらくページを送ってから、恵美は観念したように尋ねた。

「千穂ちゃんの家の体重計って、どんなのなの？」

※

千穂と会った翌日、恵美は真季を伴って新宿のヨドガワバシカメラを訪れていた。

さすがに一週間近く経てば通信障害に絡んだ問い合わせは無くなり、職場にも平和が戻っている。シフト通りに退勤できた恵美も真季も顔色が良い。

このあと連れ立って以前恵美が行けなかった、ダイエット中の真季が梨香を誘って行ったという店に行く予定になっている。

残念ながら梨香は出勤していないのだが、このあとしばらく真季が学校の予定を優先して出勤できなくなるので二人での外食となった。

「遊佐さんと二人での食事、一緒にジム行ったとき以来ですね！」

妙にキラキラした顔と力強い声で言われて、そういえばあのとき以来、真季の圧が強くなったことを思い出した恵美は苦笑してしまう。

「それにしても、まさか体重計持ってない人がいるなんて思いませんでしたよー」

「もうそのセリフ何度言われたか分からないわよ」

恵美は苦笑しながら、七千円のヘルスメーター機能つき体重計を購入した。ヘルスメーター機能つき体重計としては平均よりもやや高めだが、決め手はアラス・ラムスくらいの小さな子供の記録も取れるという点だった。

「あ、そうだ。ちょっとごめん、お手洗い行ってくるから待っててもらえる？」

「え？　はい。じゃあここで」

レジで会計を済ませたあと、真季をエレベーターホールで待たせて恵美はぱたぱたとトイレへ向かう。が、すぐに戻ってきた。

「あれ？　早くないですか？」

「うん、大丈夫よ。ごめんね、買い物付き合ってもらっちゃって」

「いえいえ。例のお店もこの近くなんで全然大丈夫ですよ」

先日言っていた、真季がダイエットするにあたって利用している飲食店だということだったが……。

「へー……」

新宿西口側の繁華街にある居酒屋『けんたん家』は、一見して特別『ダイエットに特化している』という印象は受けない看板を掲げていた。

店名からして、『ち』とフリガナが振られているが、食欲の旺盛な人物を差す『健啖家』という言葉にちなんでいるとしか思えない。

ダイエットをしたことのない恵美でも、ダイエットがどういうものかくらいは知っている。

基本は脂っこいものやお酒、甘い物などを制限する必要があるはずだが、入り口に備えつけられているメニュー表の写真も同じビルに入る他の飲食店とそこまで大きく違っているようには見えなかった。

「本当にここなの？　なんだか、普通の居酒屋みたいに見えるけど」

「まぁ、実際普通です。梨香さんもこの前来たときは、最初はそんな感じのこと言ってましたし。さ、行きましょう」

真季が先導して入ると、中も座敷タイプの普通の居酒屋。

だが席についてメニュー表をざっと眺めたとき、恵美はあることに気づいた。

「なんだか、細かくない？」

掲載されているメニューの全てに、カロリー、炭水化物、タンパク質、食塩相当量、脂質といった栄養成分表示が掲載されているのである。

しかも唐揚げやフライの盛り合わせなど、一つの皿に複数個のものが盛られているメニューでは、一個当たりの平均値まで掲載されている念の入れようだ。

「そこがイイんですよ！」

恵美の疑問に、真季は拳を握る。

「今時の食事制限ってただ食べる量を減らすだけじゃないっていうのは常識ですよね」

「そ、そうなの……？」

ダイエットをしたことのない人間に今時の常識を説かれても困るのだが、確かに単純に食べる量を減らせばいいと思っていた節はあった。

「ダイエットする人の制限と、運動する人の制限、バルクアップする人の制限って全然内容違いますし、食べるべきものも変わります」

「その理屈は分かるわ。筋肉つけたい人は、その分きちんと食べなきゃってことよね？」

「はい。でも、実際社会生活してると全部の食事を管理しきるって難しいじゃないですか。全部の食事を自宅で自炊なんてなかなか難しいですし、それこそ会社行ってたら、同僚と一緒のランチとか飲み会を毎回断るのも難しいでしょ？」

「まぁ、そうね」

「実際ジムでも、よっぽどの暴飲暴食しなけりゃ一日の目標摂取カロリーを多少オーバーしたって怒られたりはしないんです。むしろ、この日はオーバーした、じゃあ次回そういうときには少し運動量を増やそう、みたいなことを教えてくれるんです。で、このお店なんです」

真季曰く『けんたん家』は健康志向を特段にアピールはしないが、一般的な居酒屋よりも低カロリー高たんぱくなメニューを武器としており、カロリーを気にする人と気にしない人がお互い気兼ねなく好きな物を注文し合える店を目指しているらしい。

「……なるほどね。このお店なら、カロリーとか気にしない人は好き放題頼めばいいし、気にする人は自分が食べたものと取った栄養を、ざっくり計算できるってことなのね」

「そういうことです。今は唐揚げ一個何カロリーとか、コンビニのこのおにぎりの栄養素とか、ビッグデータから計算してくれるアプリとかあるんですけど、だからって飲み会の最中にいちいちそれ見ながらっていうのも、こう、ワンテンポ遅れて盛り上がらないでしょう？」

それならそれで、細かい栄養素を確認しながらというのもいまいち盛り上がらない原因になりそうだが。

「ここ、アレルゲン表示も細かく表示してるでしょう？　そういうのに気を使ってるお店、っていう風に見せて、カロリー制限を自然にやりたい人の味方をしてくれるお店なんですよ」

「なるほどねー……確かに、こういうお店でカロリーがどうとか考えたことなかったわ」

「基本、タンパク質は高め、他の物は低めがいいんですけど、かといって全く失くすことはできないし、脂質や糖質だって必要な栄養なんです。でもとにかく初めは何はなくともタンパク質に注目するんです」

「ふぅん、タンパク質……」

分かったような分からないような気分で恵美はメニューをめくってゆくと、なるほどこれまで意識していなかったが、思いがけない食材がカロリーが低かったり、タンパク質が高かったりということがあって、単純に成分表として見ているだけでも面白かった。

「こうして見ると、イカって凄いのね」

「気づきました?」

イカを使ったメニューはどれもカロリー量に比べてタンパク質が極端に高かった。

「イカは低カロリー高タンパクで、きちんと噛むから満腹中枢も刺激する最高クラスのたんぱく質食材なんですよ！　どうしてもおやつが食べたい！　ってとき、アタリメとかすっごくいいんですよ！　この雑穀イカメシなんて、カロリーは一見白米炊いたイカメシと変わらないですけど、血糖値の上昇を抑えた上にタンパク質が高いこの店の一押しです！」

「なるほどね。じゃあいきなりご飯ものってのもあれだけど、まずそのイカメシと、あ、このチキンサラダなんてのもよさそうね」

恵美自身は別にダイエット中でもなんでもないのだが、折角体重計も買ったことだし真季に付き合う意味も兼ねて、できるだけ高たんぱくなメニューを探し出してゆく中で……。

「えっ！」

恵美はある意味居酒屋らしくないメニューを発見した。

「カレーって、カロリー低いの？」

雑穀イカメシの次のページに『季節野菜のスープカレー』というメニューがあったのだが、恵美の想像よりもカロリーが随分と低い値を示していた。

「スープカレーはなかなかダイエットに使える食材なんです。普通のどろっとしたカレーよりもカロリーは低めで辛口だと満足度も高いですし、具によって取れる栄養素も変わりますしね。もちろんご飯大盛とかしたら台なしですし、カレーだけ食べてればいいってもんでもないですけど」

この店ではその点を配慮してか、スープカレーは本当にスープカレーだけで提供され、白米か雑穀米を別で注文するスタイルになっていた。

「スープカレーは、試してみたいわね」

結局あれやこれやと注文した結果、テーブルの上には枝豆、冷やしトマト、シーザーサラダ、厚焼き玉子、焼き鳥盛り合わせ、鶏のから揚げ、イカの一夜干し、雑穀イカメシ、スープカレ

—二人前が並ぶことになったのだった。

そして、例のパーソナルトレーナーへの報告だろうか、真季は全てのメニューを逐一写真に収めていた。

「焼き鳥はともかく、唐揚げはさすがにダイエットにはダメじゃない？」

「その分きちんと鍛えますし、他でバランス取ってますから。それに遊佐さんばっかり私のノリに付き合わせるのも悪いでしょう？　さっきも言いましたけど、脂質だってちょっとは必要なんです」

サラダも焼き鳥も、特段に何かダイエットのために加工が為されているということではなく、恵美も幾度か梨香と食べたことのある、いわゆる『普通に美味しい』ものだった。

だが今回の注文について真季の言を信じるならば、満足度とカロリーと栄養素のバランスが取れた、なかなかに理想的な夕食であるらしい。

「今日はお酒飲まないの？」

「前に遊佐さんに注意されましたし、あとはほら、ダイエット中ですんで」

真季は恵美の実年齢より年上の二十歳だが、酒を飲み慣れているわけではなく、以前恵美と二人で居酒屋に入ったときには最初の一杯のビールだけで帰りがけに足元が覚束なくなるほど酔ってしまっていたのだが、その際にお酒の飲み方を気をつけろと言った恵美の言葉を覚えていたらしい。

「あ、このスープカレー、結構いいわね」

季節野菜を謳うだけあって根菜がふんだんに入っていてライス無しでもかなり食べ応えがある。

普通のスープカレーと違い、素揚げ野菜は入っておらず賽の目切りの大根、人参、サツマイモをメインに、飾りの白ネギと水菜が合うのは、わずかに和風だしが香るところも、イメージでしかないが健康的な感じもする。

「不思議だけど、お肉が入ってないとご飯がなくてもそういうメニューって感じするわね」

「私、実はここのスープカレーはそれほどなんです。私カレーはかなりの辛党なんで、なんか味が柔らかすぎるんですよ。ここのスープカレーの味なら私だったらここにチキン入れてご飯でガッツリいかないとちょっと満足できなくて」

「ダイエットにいいって話してたんじゃないの？」

調子の良いことを言う真季に苦笑するしかないが、そう言われれば確かにここに定番の骨付きチキンレッグを入れればよりスープカレーとしての存在感は強くなるだろう。

「まぁその分デザートが入ると思えばいいですよね」

いそいそとデザートページを開き、豆乳きなこプリンと北海道小豆のほっくりぜんざいとヨーグルトシャーベットで悩みはじめる真季の顔からは、ダイエットや食事制限という言葉のイメージから受けるような、我慢や節制という雰囲気は感じられず、純粋に食事を楽しんでいるように見えた。

「大丈夫です。明日頑張りますから！」

その後も注文したデザートの写真も余さず撮影した真季は、デザートまでたっぷり食べきったのだった。

※

新宿駅西口のＪＲ改札で帰宅する真季を見送った後、踵を返した恵美を出迎える人影があった。

「まま！」

アラス・ラムスがぱたぱたと走って恵美の腰に飛びついてくる。

「お待たせ」

アラス・ラムスを抱きしめてから、恵美は顔を上げた。

「迷惑かけたわね」

「何、たまには外食もいいものだ」

「まぁ、俺もまだしばらくバイトは休みだしな」

鈴乃と真奥、アラス・ラムスが待っていた。

「アラス・ラムス、寂しがったりしなかった？」

「『おしごとのおともだちとのたいせつなやくそく』だと、きちんと理解して、いい子にしていたぞ。魔王との外食も新鮮だったようだな」

「まぁ、一緒に住んでる間は外食に連れていけなかったからな」

「そう。アラス・ラムス、ありがとうね？」

「まま、ゆっくりご飯食べた？」

「ええ、食べたわよ」

恵美は微笑む。

アラス・ラムスを二人に預けたのは、ヨドガワバシカメラで体重計を買った直後のことだった。

真季との約束を見越して、予め鈴乃に相談し、アラス・ラムスを預かってもらうことになっていたのだ。

基本、仕事終わりでは急いでアラス・ラムスを同化状態から解放したいが、同僚との夕食や飲み会の場で解放するわけにもいかない。

かといってアラス・ラムスもストレスが溜まる上に、自分だけ外で美味しい物を食べるのも気が引ける。

だが、千穂から言われたことが恵美の中で思いの外響いており、自分の健康管理をする上でも先駆者から話を聞いておきたい気持ちはあったのだ。

かといって、夜の新宿西口の繁華街で幼児のアラス・ラムスを鈴乃一人に引率させるのもそれはそれで面倒が起こりそうだという話になったところ、鈴乃が真奥に白羽の矢を立てたのだ。

「たまにはエミリアがゆっくり食事をする時間を作ってやれ！　貴様も父親だろうが！」

と、マグロナルドの業態変更による休業期間で暇をしていた真奥を強引に連れ出したのだ。

「……そっちは何を食べてたの？」

「魔王の懐具合の問題もあったからな」

真奥に問いかけたはずだったが、苦笑したのは鈴乃だった。

「電気店でしばらくサンプルのおもちゃで遊ばせたあとで、ファミリーレストランに入ってお子様ランチだ」

お子様ランチと聞いて、野菜は食べたのだろうかとふとした疑問が湧くあたり、恵美は思いのほか単純に真季の影響を受けてしまっていることに気づいた。

「ねね、見てまま！　りぁくすぐまのーと！」

「あら、いいじゃない。買ってもらったの？」

「お子様ランチのおまけのおもちゃだ」

「そっか」

恵美はアラス・ラムスを抱き上げる。千穂に言われた通り、重さは感じても決して『重い』とは思わないこの子の体を構成する要素には、今日のお子様ランチはもちろん、初めてヴィラ・ローザ笹塚の裏庭に現れてから、魔王城で芦屋が作った恵美の知らない食事も含まれている。

「……」

「ん？　なんだ？」

恵美は、真奥の顔をじっと見る。

東京タワーでの戦いを経て、恵美はまた少し魔王サタンという存在が分からなくなってしまった。

いや、分からなくなったのは自分自身と、天使と、そして聖剣と……自分の『親』について。

「なんでもないわ。それじゃ帰りましょうか」

だが、今考えたところでなんの答えも出はしない。

今この瞬間考えるべきは、アラス・ラムスの『親』として如何により良くあるべきか、だけだ。

「ねーまま。ぱぱのおうちにおとまりしたい」

ヨドガワバシカメラで遊んで真奥と鈴乃と三人という珍しい面子で、しかも夜の新宿を歩いたアラス・ラムスのテンションで、そう来るのはなんとなく予想がついていた。

「今日はなんの準備も無いからまた今度ね。まま新しいお買い物もしたし、帰って一緒にこれ、使ってみましょ？」

「それなあに？」

アラス・ラムスは抱っこされている腕に下がった紙袋に視線を落とす。

「帰ってからのお楽しみよ。……それじゃあ行きましょうか。あ、そうだ魔王」

「なんだよ」

「アルシエルのご飯に文句はないけど……あなた、お昼とか割とマグロナルドの賄いとかで過ごしてるのよね？」

「まぁ、そういう日もあるけど、それがどうした？」

「……健康管理、気をつけなさいよね。お互い、親なんだから、この子のためにも健康でいないといけないんだから」

「言われるまでもねぇが、急にどうしたんだよ」

「言葉通りの意味よ。まぁ、私もそう偉そうに言えないけど……ねぇ、アラス・ラムス」

「なぁに？」

「……まま、ご飯、ちょっと頑張って作るわね」

「ん？　ん――……あい！」

恵美の纏まらない心の中で生まれた決心の強さを知ってか知らずか、娘はあっけらかんと頷

き、

「あふ……ぅー」

　小さくあくびを漏らす。

「さ、行きましょう」

「ああ」

「なんなんだ、ったく」

　帰宅ラッシュのピークまであと少し。混雑する新宿西口京王線改札を、三人は人ごみをかき分けながら家路についたのだった。

魔王、人と囲む食卓の温かさを改めて思い出す

カジュアルコタツを挟んで座る鈴乃の姿が、普段よりも一回り小さく見えるのは気のせいだろうか。

「もう、疲れたんだ……」

いや、実際に小さく見える。

日頃きっちりと和服を着こなし、背筋を伸ばして凛とした姿を見せている鈴乃は、小柄な体軀ながら大きな存在感を示していた。

その鈴乃が、肩を落とし、首を前に出し、背中を丸めているのだ。

目には光が無いし、髪からは艶が失われ、少し頬も痩せて見えた。

「そ、そうか……」

真奥はそんな鈴乃の独白を、冷や汗を流しながら白い顔で聞いている。

「毎日毎日、同じことの繰り返し。徒労なんだ。あんな環境で、人間はいつまでも働くことなんかできはしない……」

「そ、そうだな……」

「これは……ある意味で搾取ではないのかとも思った……そう思ってしまう自分にも嫌気が差すのに、やはりそうではないかと、そんな考えを行ったり来たりするんだ」

「た、大変だな……」

「たまにシフトから外れても、疲れすぎて何もやる気が起きないんだ……最近じゃ食欲もなくて……」

「だ、大丈夫か……」

それきり鈴乃はがっくり項垂れて黙り込んだまま何も答えなくなってしまった。

代わりに答えたのは。

「仕方ないよ……鈴乃ちゃんがこうなっちゃうのもさ……」

同じくらい憔悴した顔で鈴乃の肩を力なくさする大黒天祢だった。

「私もさ……自分がそこまで有能な人間だなんて思っちゃいないけどさ……まぁ、慣れないことを頑張ったんだよ……」

「そうですか……」

「たださ、やっぱ私の力だとどうしても限界があってさ……鈴乃ちゃんみたいには上手くいかなくて、それで、良くないとは分かってたんだけど、お金で解決しちゃうことも何度もあってさ……」

「はぁ……」

「ただ、それも限界なんだよ……出ていくお金もそうだし、そもそもお金を使える場所すら最近は……」

「ですよね……」

「私も責任を感じているんだ……」

そして第三の男がかすれた声を上げる。

「生来のものだとしても、私が日本の最初の生活で、きちんと落ち着いた生活習慣を確立しておけば良かったのだと思うことが多い……」

「まぁ、そうだな……」

「私は技術はベルさんに及ばないし、金や情報は天祢さんに及ばない。それでもせめて最初の保護者として可能な限り責任を果たそうとしてきたのだが……遂に……」

「ああ、まぁ知ってるよ……さすがに俺も昨夜は驚いた」

「……頼む、何か、知恵を貸してはもらえないだろうか」

最後に頭を下げたノルドの頭のつむじを見ながら、真奥は唸った。

「そう、言われてもなぁ……」

項垂れる鈴乃、憔悴した天祢、懇願してくるノルドを正面に回し、真奥は困り果てていた。

この三人が揃って弱りきっている原因など一つしかない。

「お前達三人揃って限界きてるとこに、俺がアシエスの飯のためにできることなんて……」

鈴乃と天祢とノルドが揃って取り組んでいること。

それが『アシエス・アーラの空腹が極まると顔から謎の光線が出て周囲のものを破壊してしまう問題』である。

神討ちの戦いが始まって以後、エンテ・イスラの環境の変化がセフィラの子達にどのような影響をもたらしたのか、イェソドの化身であるアラス・ラムスとアシエス・アーラは事あるごとに超常的としか思えぬ不調を見せるようになった。

アラス・ラムスは、その時々の感情の起伏に応じて肉体年齢が変化するようになった。

これは真奥や恵美をはじめとした周囲の大人がアラス・ラムスの動静に注意を払っていれば、よほど極端に大人の体に成長しない限りは大きな問題は起こらない。

だがアシエスの場合は、顔から出た光線がかなりのエネルギーを持っており、発射されると大きな破壊を伴うのだ。

そして前日の夜、久々にその事件は起こった。

夜中、仕事から帰宅した真奥の目の前で、ヴィラ・ローザ笹塚の一階共用廊下の玄関扉が吹き飛んだのだ。

扉を吹き飛ばした紫色の光線はそのままヴィラ・ローザ笹塚の敷地を囲うブロック塀を破壊したところで消失したのだが、アシエスが顔から光線を出すようになってから、久々に大きな被害が出た事件だった。

建物の被害はもちろんだが、人的被害が出ていては事だと一階共用廊下に飛び込んだところで真奥が目撃したのは、今まさにアシエスの口におでんを叩き込もうとしているノルドと鈴乃の姿だった。

ノルドがへたり込み、鈴乃がおでん満載の鍋を抱えながら餅巾着を差し出した姿で固まっていた。

二人が情けない顔で真奥を見たその瞬間、アシエスは廊下に倒れ伏し、すやすやと寝息を立てはじめる。

鈴乃が力なく餅巾着を鍋に戻したとき、きっと鈴乃とノルドの心が折れたのだろうと、真奥は推測していた。

アシエスが今の状態に陥ってからは、とにかくアシエスに空腹を覚えさせないことが真奥達の至上命題となった。

日頃、アシエスの食事を世話しているのは、天祢とノルドだ。

常に二人の内のどちらかがアシエスのために食事を作り続け、時折鈴乃や千穂、稀に芦屋や真奥などが補助に入ることもあるが、レギュラー入りしていると言えるのは鈴乃までだ。

だが、こうなる前からアシエスはその小柄な細身の体躯からは信じ難いほどの食事量を誇る大食漢だった。

元々マグロナルドのハンバーガーを一食で四十個弱を平らげる摂食能力が、超常的な体調不良によって幾何級数的に増幅されており、米を炊けば合ではなく升で、麺は替え玉が二桁、百円均一の回転寿司では百円均一であることがなんら意味を為さない皿を重ねる始末。

これだけ食べるアシエスの食事を、ほんの少し前まで一般家庭の台所にある設備だけで賄っていたのである。

台所自体は鈴乃の二〇二号室、ノルドの一〇一号室、そして天祢の住む志波家の三つが稼働しているのだが、台所が三つ集まってもキッチンに常時立てる人間は増えないし、一個人がひねり出せる献立のアイデアも限りがある。

「マグロナルドが使えるようになった今でも、状況は変わらないのか？」

「……まぁ、結果的にあの思いきったアイデアはありがたかったんだけどさ。マグロナルドに行けたときは、三日くらい食事量が普通の大食いの人並みに落ち着くこともあるし」

「それでもたった三日で大食いの人並みっすか……」

天祢の分析報告に真奥は深いため息をつく。

つい先日のこと、アシエスの現状を憂慮した千穂が、志波家と天祢を頼ってマグロナルド幡ヶ谷駅前店をエンテ・イスラの事情に巻き込んだ。

マグロナルドを一店舗、アシエスのためだけに借りきって、スタッフ総出でアシエスが満足するまで食べさせるという荒業を敢行した結果、真奥や恵美の正体が木崎達に知られることとなった。

結果的に幡ヶ谷駅前店の限られたメンバーは真奥達や異世界の存在を寛容に受け入れてくれ、アシエスの光線対策に新たな光明が差したのだが、逆に言うと、アシエス対策の選択肢が一つ増えただけ、とも言えた。

日常誰しもがそうであるように、よほどの事情が無ければ毎日三食を同じ店で食べ続けるこなどできはしない。

幡ヶ谷駅前店の門戸も常に開いているわけではなく、アシエスがマグロナルドの味に飽きてしまえば、下手をすれば他のファストフード店すら使えなくなってしまう可能性がある。

また、当然のことながら無料でハンバーガーを食べられるわけでもないため、マグロナルドは非常事態用の裏技の域を出ることはなかった。

結果としてノルド達の負担を大きくは軽減できず、結果が昨夜の共用廊下玄関の破壊であった。

「一回出れば、二、三日くらい落ち着く傾向があるんだ……お願いだよ真奥君……何か、何か別ベクトルからのアプローチを考えてもらえないかな！」

「……はぁ……」

はらはらと涙を流す天祢を見て、真奥はそれ以上、何も言えなくなってしまったのだった。

※

「うーん……とは言ったものの、どうしたもんか」

真奥はテーブルで行儀悪く肘をつきながら、ぼんやりとメモ書きを眺めていた。

その隣では、騒動の原因が、

「本当にホネまで食えるんだねコレ」

センタッキー・パーティー・ポットを三つテーブルに並べたアシエスが、周囲の注目を一身に集めていた。

かつて真奥がマグロナルドの時間帯責任者を仰せつかったばかりの頃、オープンしたセンタッキーに芦屋が客として潜入し、商品が骨まで食べられると言っていた。

実際に真奥も幾度かセンタッキーチキンを買って、別に骨は食べられるというだけで無理に食べる必要はないものだと判断したが、今隣で両手と口の周りを油だらけにしているアシエスは、健康な歯と顎をアピールするようにとてもチキンを食べているとは思えない音を立てている。

「ママー、あのお姉ちゃん……」

「しっ、真似しちゃいけませんよ！」

「……本当、真似しないでください……」

少し離れたところにいる親子の会話が聞こえてきて、真奥はメモから目を離さないようにしながら口の中だけで母子に詫びる。

真奥が見ているのは、ここ二週間ほどノルド達がアシエスのために用意した食事の内容や量のざっくりした記録である。

そこには給食センターか何かの帳簿かと勘違いしそうになるような内容と数字が羅列されて

おり、とても一個人が食べるために用意されたものだとは思えない。

現実問題として、大食いは量もさることながら時間を要する。

傍らのアシエスは、現状パーティー・ポットを一つあたり十分のペースで食べている。

恐らくポット三つでは全く足りないだろうが、じゃあこれが六つあったとしてアシエスがチキンを食べる姿を一時間見続けたらそれだけでこっちの具合が悪くなりそうだ。

自分がチキンを食べているわけでもないのに胸やけしてきて、ウーロン茶をちびちび飲んでいる真奥の横に、

「あのー、お、きゃ、く、さ、ま?」

「悪いな。音がうるさくて」

制服姿の猿江三月ことサリエルが、ひきつった顔でテーブルに寄ってきて、真奥はそれ以上何か言われる前から素直に謝罪する。

「イーんだよマオウ！　天使に多少メーワクかけたってテ……！」

ガブリエルやカマエル相手のときほどではないが、やはりアシエスは天使であるサリエルに当たりが強い。

だが今は、客単価が群を抜いていることを考慮してなお、

「この店の他の従業員やお客に迷惑がかかってるんだ。少しは静かに食え」

「……ムー」

アシエスの行儀が悪いことは間違いないので、真奥は保護者としてきちんとたしなめる。

「なー……大食いできる店知らないか？」

「なんだいきなり」

そして、即白旗を上げ、プライドを投げ捨てた。

「こいつに食わせるメシで悩んでるんだよ。ほら、今マグロナルド、臨時閉店してるだろ」

「それがどうした」

サリエルも、木崎を含めたマグロナルド従業員にエンテ・イスラの事情が知られたことは把握している。

だが、その過程でアシエスの顔から出た光線がマグロナルドの店舗を一部破壊したことまでは知らないでいた。

「掻いつまんで言うと、こいつにきちんとメシ食わせないと世界が滅びるかもしれないんだよ」

「……なんだいきなり」

さすがのサリエルも当惑気味だ。

だが、サリエルとしてもアシエスがセフィラの子であることや、真奥達がエンテ・イスラの未来を賭けた神討ちの戦いに挑んでいることは知っている。

世界が滅びる、という真奥の端的にすぎる説明を思いの外真剣に受け取ったのか、仕事中であるにも関わらず少し考えてから、思いがけない情報を提供してくれた。

「最近初台の方に、大食い歓迎の店がいくつかできていたな」

「本当か⁉」

「ああ。いくつかの店が同時にオープンしてな。多分地域の囲い込みと宣伝効果を狙ってのことなんだろうが、その中にいわゆる超大盛がどうとかいう広告を打っている店があった」

「ど、どの辺か分かるか！」

「すまんな、真剣に興味があったわけじゃないからざっくりとしたことしか覚えてない。探すつもりなら検索でもすれば見つかるんじゃないか」

「た、確かにそうか。悪いな、助かる！　ついでにポットもう一つ追加してもらっていいか？」

「…………」

　これまでアシエスの大食いを見たことのなかったサリエルは、驚愕と呆れで顔を顰めたのだった。


　サリエルが教えてくれたものらしき店は、ネットで検索してすぐに見つけることができた。

　甲州街道から少し外れたビジネス街と住宅街の狭間に飲食店が同時に出店し、小さな飲食店街を形成しているようだ。

一つ一つの店舗は決して大きくないが、複数店舗が一か所の広場を囲んで店外の席を共有することで、プチフードコートのような様相を呈しているらしい。

「どうする？　行ってみるか？」

「ン！　まだラーメン一杯くらいならなんとかなるカナ！」

「……」

センタッキーのパーティーポットを五つ食べた腹で尚ラーメンが入るという事実。

久々にアシエスの食に正面から向き合った真奥の顔は大いにひきつった。

と同時に、折角新たに得た情報と候補をその日のうちに消費して良いのかという迷いが生じたが、チキンだけでアシエスが満足するとは到底思えなかったため、明日より今日の安心を選択した。

「ラーメン以外にも色々あるみたいだな。まぁ、俺も楽しみにするか」

以前より経済状況が好転したとはいえ、滅多に外食などしない真奥である。

たまには普段食べないものを食べてみたいという欲はあったし、センタッキーではウーロン茶しか口にしていないので、それこそラーメン一杯ならば腹の余裕もある。

そんなことを考えながら散歩がてら目的の場所に向かう真奥とアシエス。

「なーんかサ、マオウとこうして外歩くの久しぶりな気がすル」

「ん？　そうか？」

甲州街道の狭い歩道を並んで歩きながら、アシエスは微笑む。

「最近マオウ、バイトとカミウチでいっつも忙しそうだからサ、あんま融合することもなかったでショ」

「ん……まぁ、そうだったかもな」

「まー私はいいんだけどサ。ネーサマはちょっと寂しがってるかもだから、ちょっと気ぃ回してあげなヨ。そうじゃないときっとエミもイライラするっショ」

「……ああ。そうだな」

仕事にかまけて妻子を省みない男が言われるようなことを言われ、真奥は複雑な顔になる。

「私も最近ご飯一人で食べることが多いからサ」

それはそうだろう。

あんな量を食べる者の相伴が可能な人間などいない。

「今日はなんか一緒にご飯食べる人がいて楽しいヨ」

「……そっか」

しんみりするアシエスに、なんとなく同情したくもなるが、パーティー・ポット五つはやはり人間の同情の限界を超えていると思い直した。

「何かシツレーなこと考えてナイ?」

「考えてる」

「モー！」

アシエス相手にごまかしても仕方がないので真奥は正直に頷いた。

そうこうしている間に目的の場所に辿り着いた。

明るい色合いの店が小さな広場を囲むように建っており、それぞれに特色のあるのぼりや看板を掲げていた。

昼食時は少し過ぎているが、目新しさ故か評判故か、サラリーマンや近隣の住民だろうか、かなり繁盛しているようだ。

「おっ！」

その中に二店舗、真奥の興味を大きく引く店があった。

一つは担々麵の店。一つはカレーの店。

いずれもオープン記念と銘打って、超大盛チャレンジキャンペーンを張っていたのである。

食べきれば無料、食べきれなければ五千円という、ありがちだが今の真奥には得難いキャンペーンだ。

特に担々麵屋の方は、そんな量をドンブリに盛れば食べきれるとしても最後の方は麵が伸びきってより辛いことになりそうな写真が掲載されている。

真奥は恐る恐る尋ねた。

「どっちか、チャレンジしてみるか？」

「いやーさすがにその余裕はないカナ。今は普通に一杯だけでいいヤ」

色々突っ込みどころはあるが、真奥としても折角見つけた大食いの店に初手から警戒されてしまうことは避けたい。

これまでは一度として無かったことだが、アシエスの好みに合わないものを食べさせるのはそれはそれで違う気もする。

「俺もここでメシにすっかな。どっちにする。担々麺とカレーと」

「タンタンメンって食べたことないナ。ラーメンとは違うノ？」

「あれだろ？　ちょっと辛いラーメンだろ」

「あー、そういうやつネ。たまにはそういうのもいいかナ。じゃあ担々麺デ！」

真奥としても先々の大盛りチャレンジのためにも様子見するのにちょうどいい。

幸い空席があって、明るい雰囲気の、香辛料らしき香りが食欲をくすぐる店内にすぐに案内される。

新しい店の雰囲気に若干そわそわしながらメニューを見た真奥は、外の掲示にはなかったものを見て眉根を寄せた。

「二倍、三倍、四倍……？」

どうやらこの店の担々麺は、同じメニューでも好みで辛さを調整できるらしい。

辛みが存在しないのはお子様メニューとシンプルな醤油ラーメンの二品のみ。

あとは上限二十倍まで辛さを増やせるシステムになっていた。

そしてこれが最大の懸念点なのだが、なんと件の超大盛メニューは辛さ十倍からのみ注文できるシステムだった。

「……大丈夫か、これ」

真奥が抱いた希望が曇る。

真奥も人並みに辛さを好むことはあるが、こういった倍量を指定できる店には入ったことがなかった。

当たり前だが芦屋や鈴乃が普段作ってくれる料理で極端に辛いものはなく、それこそ担々麺やカレーなどで『激辛』と呼ばれるようなものは敬遠してきた。

超大盛メニューが掲示されているページは、店長らしき人物が挑戦的に拳を向けてくる写真が掲載されており、激辛商品であることがしつこいほどに強調されている。

おそらく量の問題だけではなく、辛さでも通常の範囲に収まらないことである警告を兼ねているのだろう。

「アシエス、お前辛いのいけるのか？」

「ンー？　まーなんとかなるんジャン？　エンテ・イスラにも結構辛い料理ってあるっショ？」

「……まぁ、そうだろうが」

担々麺の辛さは『普通』の時点で既に『マイルドな辛さ』と、日本語が矛盾している。

二倍になるともう『辛さ初心者はまずここから』とされていて、三倍となるともう『辛さ警戒レベル！　初心者には危険！』となっていた。

「俺は辛さ普通の担々麵にするわ。お前、どうする？」

「ンー、そうだナー。先々この超大盛には挑戦しなきゃなんないワケだシ、私はとりあえずは三倍にしてみよっかナ！」

挑戦しなきゃなんないワケなどどこにも無いといえば無いのだが、真奥としてもアシエスの辛さ耐性がどれほどのものかは見極める必要がある。

そういう意味で三倍というのは丁度いい試金石であるように思えた。

これまで真奥が知らないところでも主に天祢があちこち外食には連れていっているはずだし、その中には辛さが強いものもあっただろう。

真奥はごく自然に担々麵の辛さ普通と、辛さ三倍を注文する。

注文を取りに来た店員もなんら警告を発さずに厨房に注文を通し、やがて黒いラーメンどんぶりが二つ、真奥達のテーブルに運ばれる。

「おお」

ごまが唐辛子と共に強く香り食欲をそそるが、向いに座るアシエスに出された三倍のどんぶりからは、向かいにいてもはっきり分かるほど唐辛子の匂いが目に染みるほど濃く、スープの色も白い部分が多い真奥のものに比べて明らかに赤い。

「おい、大丈夫か？」

つい真奥は心配になるが、アシエスは気楽な顔だ。

「マックス二十倍の中の三倍だもン、大したことないっテ」

とても真奥にはそうは思えないのだが、あまり突いても仕方ないので、真奥は自分のどんぶりに集中することにした。

「いっただきまース！」

アシエスも両手を合わせて、最初の一箸を大きく頬張り、そして、

「ンボフッ……！」

声なき悲鳴が上がったのだった。

※

「一体何があった？」

「……悔しいヨ……スズノ、私、悔しいヨ！」

真奥とアシエスが帰ってきたのを聞きつけて様子を見に来た鈴乃は、二〇一号室ではアシエスがのたうちまわっており、真奥が白い顔で腹を押さえて呻いていた。

「あー、その……なんつーか……なぁ鈴乃、お前、辛いものって作れるか？」

「辛いもの？　待て、話が見えないぞ」

「アシエスが三倍担々麵に負けた」

「は？」

アシエスは完全に三倍担々麵を舐めきっていた。

あれだけメニュー表で警告されていただけあり、三倍担々麵の辛さは真奥が注文した普通担々麵とは辛さの次元が違った。

アシエスは一口含んだだけで衝撃の辛さに咽て、口に含んでいたものを吹き出しかけた。

それをこらえてしまったがために口の中で辛い麵が暴れ、口から鼻に辛い麵が飛び込んだ。

あとは悲劇の一言に尽きた。

なんとあのアシエスが、たった一杯の担々麵を食べきることができなかったのだ。

辛さの不意打ちを喰らったアシエスは、それでも必死で担々麵に食らいつこうとしたが、辛さに負けて半分しか食べ進めることができなかった。

結局普通の辛さを食べ終えた真奥が、ピッチャー一本の氷水と共に残った三倍を引き受け必死で食べきったのだが、三倍担々麵が二人に与えたダメージは大きかった。

「三倍でも地獄の辛さだった。十倍とか正気の沙汰とは思えねぇ……」

「そうか。超大盛りメニューがあるのは惜しいが、食べられないものを無理に食べさせるのは違うだろう」

「いや、それが……」

「ウウ……悔しイ……悔しいんだよオ」

「……アシエス？」

「この私ガ……この私がどんぶり一杯のラーメンを食べきれなかったなんテ、クツジョクノキワミだヨ」

「……そぉか……」

頭を抱えてのたうちまわるアシエスの物言いに、鈴乃は呆れるやら半ば感心するやら。

「何か、辛いものを食い続けて再挑戦するんだとか言って聞かねぇんだが、俺も別に辛いものは得意じゃないし、実際に三倍半分食っただけで腹壊しかけてるし……」

「うーむ……まぁ、いわゆる激辛もので言えば一つだけ得意な食材はあるが、残念ながら日本の食材ではないからなぁ」

「なんだ、海外の料理か？」

「エンテ・イスラの料理だ。ただ、いわゆる酒のつまみ的なものだから、丸ごと辛い料理と同類にしていいものやら」

「だがもう一店舗もカレーなんだよ……多分そっちもそれなりに辛いはずなんだ。アシエスのためにも俺達のためにも、折角見つけた新しい店を使えないってのは痛すぎる」

「それはまぁ、そうだな、ううん」

鈴乃も困惑しているのは、単純に辛い料理のレパートリーが極めて少ないからである。

こういう際に相談相手になる千穂も、本人が辛い物が苦手であると公言しており、千穂のレパートリーは頼れない。

カレーといえば週に最低四食食べるらしい恵美だが、作るというよりは色々な店を知っているというタイプなので、辛い料理のレパートリーがある、ということではないだろう。

「その担々麺とやらは、そこまで辛いのか」

「辛さ普通でも俺はそこそこ汗かいた」

「ううむ……まぁ辛いものも調べれば作ることはできるだろうが、アシエスがどの程度の辛さでやられてしまったのかはきちんと調べる必要があるな。その店はどこに？」

「ああ……マグロナルドよりもう少し向こうの方で……ただ、倍にするなら気をつけろ。マジであれは辛いから……」

その足で出かけていった鈴乃が帰ってきたのは、ぴったり一時間後のことだった。

魔王城に戻ってきた鈴乃はやや涙目で、

「……二倍も相当だった……」

と言ったきり、その日は二〇二号室に引っ込んでしまったのだった。

※

翌日から、アシエスの辛い料理特訓が始まった。

最初は鈴乃がスーパーマーケットで売っているような普通のインスタントの担々麺を買ってきて作ったところ、それはするすると食べることができた。

真奥の感覚では件の店の辛さ普通のものよりもややマイルドに感じられた。

鈴乃曰く、豆乳でスープを煮ることで味わいを柔らかくしたという。

「そのままでもそれなりに辛いと書いてあったのでな。少し警戒しすぎたかもしれ……ん？」

途中で真奥と鈴乃は妙なことに気づいた。

真奥と鈴乃が半分食べ終わっているのに、アシエスは唇を尖らせ据わった目で麺を睨みながら、そろそろと箸を進めているのだ。

最終的に真奥と鈴乃が食べ終わってからたっぷり十分以上経ってから一杯をそろそろと食べ終え、それだけでまるで敵との一戦を終えたかのように疲れ果て、息を切らしているのだ。

「だ、大丈夫か」

疲労が光線の元になっては困ると気を使うが、アシエスは軽く腹をさすると、

「ヤ、大丈夫、もうお腹いっぱイ」

「「…………え」」

真奥と鈴乃が耳を疑う驚天動地のことを言い出したのだ。

あのアシエスが、真奥と鈴乃と同じ量のラーメン一杯で満腹だと言い出したのだ。

「ヤ、なんというカ、辛いモノってお腹に溜まるんだネ」

誰も知らない真実が今明かされた。

辛い物は、お腹に溜まる。

「「聞いたことないな」」

真奥と鈴乃は目を丸くして口を揃えて唸った。

「……辛い料理は真夏などには食欲不振を改善したりする効果があるとか、あとは、ストレス解消にも効くと聞いたことがあるが……」

鈴乃の分析に、真奥は顔を顰める。

食欲不振もストレスも、およそアシエスの日頃の様子とはどんな強力な接着剤であろうと結びつけることは不可能だ。

「いやー……ストレスかもネー」

「「え」」

アシエスは少し疲れたように息を吐きながら茫洋とした口調で言い、一瞬真奥も鈴乃も怪訝な顔をしたが、アシエスの表情は思いのほか真面目だった。

「これでも気にはしてるんだヨー。皆が私のご飯のために色々手ぇ回してくれてることにサ」

「……アシエス」

「だって本当ならラ、マグロナルドの人とかにマオウたちの正体、明かす必要なかったわけでショ。それでいいこともあったケド、困ったこともあったんだろうシサ。それを何も考えずにスルーするほどフニンジョウじゃないよ私ハ。お金だって色々かかってるの知ってるしサ」

「お、おう……」

赤ん坊のアラス・ラムスが時折年齢にそぐわぬ知性を発揮するように、アシエスも日頃調子に乗って生きているくせに、突然真面目な顔をすることがあるから困ったものだ。

「でもメーワクかけてる自覚はあっても自分じゃどーにもできないからサ。これはこれでストレスなんだよネ。ままならない感っていうカ……」

「そ、そうか」

アシエスはストレス云々と言ってはいるが、鈴乃が言うのはストレスが溜まっていると辛い物を沢山食べたくなるという話であって、辛い物になると普段より食べる量が段違いに減る今のアシエスには全く当てはまらない。

とはいえ、真奥達も、普段が普段だけにアシエスが好きで異常な大食いをしているわけではないという視点が抜け落ちていたことは反省せねばならなかった。

「個人的にお腹いっぱい食べるのは好きなんだけどサ」

好きでやっていた。

「でもやっぱこうやって誰かと一緒にご飯食べるときにサ、皆食べ終わってンのに私一人だけムシャムシャ食べ続けてるってのハ、ちょーっと空気読めてないジャン？　そーゆーのはチョット、ストレス」

ここまで来るともはや食育の次元に入ってくる話だが、確かにアシエスときちんと食卓を囲んだ記憶は数えるほどしかない。

二〇一号室で恵美やアラス・ラムス、千穂を交えての食事でもアシエスは日によっていたりいなかったりするし、神討ちが始まってからは真奥ですら芦屋や恵美達と食卓を囲むことが減った。

「なんか、悪かったな」

真奥は少し丸くなったアシエスの背を叩く。

「俺もセンタッキーじゃお前に付き合わなかったもんな。さすがにお前ほど量は食えねぇけど、付き合えるときには極力付き合うようにするからよ」

「ムリしてなイ？」

アシエスは少しだけ上目遣いになる。

「……まぁ、多少は無理するさ」

ややひきつったが、真奥はそれでも笑顔を浮かべる。

アシエスの顔の光線は、アシエスの『空腹』に応じて発射される。

だが、この二日間のことを考えると、単純に一定の量を食べさせればそれで良いというわけでもないことは明らかだ。

米を升単位で食べるアシエスが、いくら食べなれない辛い料理とはいえ、たった一杯のラーメンで満足するはずがない。

光線は空腹が強くなると発射されるが、逆に発射されないようにするにはアシエスが必ずしも『満腹になる』必要はなく、食事の満足度に左右されるのではという推測も成り立ってくる。

満足度とは、よく噛むことであったり、新しいメニューへの喜びであったり、多種の皿があることだったり、誰かと一緒に食卓を囲むことだったりに大きく左右される。

これは、真奥自身が理解していることだ。

神討ちの戦いが始まってすぐの頃、恵美も芦屋も漆原も鈴乃もエンテ・イスラに行ってしまい、そのせいで千穂もアパートに来るのをやめさせたため、しばらくずっと一人で適当に食事を済ませていた時期があった。

　それからしばらくしてリヴィクォッコが日本にやってくるまでの間を思い起こすと、自宅での食事は食事というより満腹になるための作業でしかなかった。

　一緒に食べる誰かがいる、ということは、それだけで食事のクォリティを何段階も上げるのだ。

「……お前、辛いもん苦手だったりしないか？」

「……トクイじゃないかナ。食べられなかないシ、キライじゃないけどネ。次ハ……『フッウ』でいいカナ。そっちの方が美味しそうだッタ」

　アシエスはそう言って苦笑し、それを見た鈴乃も嘆息しつつ頷いた。

「それでは、辛さ特訓計画は白紙だな」

「ああ」

　辛さ十倍の超大盛も夢と消えたが、それとは全く別の可能性は見えてきた。

「もう一杯くらいならなんとか行けるぞ。辛さ普通、食いに行くか？」

「ン！　行ク！」

「本気か。私はもう無理だ。悪いがここで下りるぞ」

　元気よく立ち上がったアシエスと真奥に、鈴乃は少し大仰に驚いて見せた。

「まぁ、食器は片付けておく。間を空けるとキツくなるだろう。行くならさっさと行け」

「ああ、悪いな。アシエス、行くぞ」

「ウン！　ねぇマオウ！　二人乗りしよ二人乗リ！」

「融合してくぞ」

「そういうことじゃないんだったラ！」

ばたばたと出かけてゆく真奥とアシエスのじゃれ合いを聞きながら、鈴乃は笑顔で送り出す。

「誰と一緒に食べるか……か」

鈴乃は重ねた三つのどんぶりを撫でて微笑んだ。

「確かに、大事かもしれんな」

※

二日連続の担々麵屋。

初回と違って、真奥もアシエスも特に気負うことなく辛さ普通の担々麵を注文する。

「マオウ、三倍いってみないノ？　三倍もなんとかイケてたジャン？」

「冗談よせ。鈴乃も二倍で参ってたんだぞ。別に俺は特別激辛好きってわけじゃない」

鈴乃のインスタント麵でやや腹は重いが、辛いもの効果なのか、不思議と食欲は落ちていない。

やがて覚えのあるごま油の香りが運ばれてきて、アシエスも爛々と目を輝かせる。

「いっただっきまース！」

強いごまとネギの香りが、味噌をベースにした、まろやかだが鋭い辛みを内包したスープから漂ってくる。

わずかに縮れた、腰の強い中太の麵を噛むと、絡んだスープの香りと辛味がより強く口に広がり、否が応にも額から汗が噴き出てくる。

一口氷水を含むが、だからこそさらに辛さが強くなり、冷えた舌がまた熱く辛いスープを求める。

辛さは普通ながら、食べ続けるごとに体中が辛さの熱で熱くなるようだった。

「ウン！　こんくらいだったら余裕でイケるネ！」

アシエスも顔中に汗をかきながら、三倍を食べたときとは比べ物にならないほど明るい笑顔を浮かべた。

「うーン、これくらいだったら二倍もイケるかナ？」

「やめとけって。それで痛い目見たんだろこの前」

早速調子に乗り始めるアシエスを真奥が嗜めたそのときだった。

「二十倍お願いします」

「!?」

真奥とアシエスのすぐ隣のテーブルで、ＯＬ風の制服を纏った若い女性が涼しい顔でそんな注文をしているのが耳に入った。

真奥とアシエスは顔を見合わせて、つい目だけでその女性の方を見てしまう。

三倍ですら真奥はピッチャー一つ分の氷水が必要だったのに、二十倍など、一体どんな凶悪なものが出てくるのだろうか。

二人は声に出さないまま、二十倍がどんなものかを見届けてやろうと目で合図し合う。

そしてほどなくそれは運ばれてきた。

それは、あまりに禍々しい空気を纏っていた。

雰囲気的な話ではなく、どんぶりが周囲にばらまく湯気の匂いが既におかしいのだ。

真奥達の『普通』はごま油の香りがほどよく香ったのに、二十倍どんぶりは横を通るだけで、口中に鷹の爪を突っ込んだような唐辛子の刺激臭が目と鼻を突いた。

「いただきまーす」

女性はその空気になんら怖気づくことなくするすると二十倍担々麺を食べはじめる。

真奥はもちろん、アシエスも、途中から目を離せなくなってしまった。

隣のテーブルにいるのに、拷問レベルの辛さであると想像がつくのである。

それなのに女性は、最初に出された水に一度も手をつけず、なんなら汗すらかいていない。

本来薄い黄色のはずの麺がどろどろの赤いスープを纏っている。見ているだけで口の中が辛くなってくるその麺を、普通の醤油ラーメンのようにすいすいとすする女性は、

「ふぅ」

全く止まることなく食べ終わると、最後に一口だけ水を口に含んだだけでさっと席を立ち、会計を済ませて出ていってしまった。

真奥とアシエスは、ごくりと唾を呑むと、自分達の担々麺の残ったスープを見下ろす。

そこには、どんぶりの縁に赤い油が寄った白いスープ。

麺すら赤く染める二十倍と同じカテゴリーの料理とはとても思えなかった。

「……無茶は、絶対やめような」

「ウン……ありゃ選ばれた勇者だけに許された世界だヨ……」

魔界の王と神秘の宝珠の子は、見知らぬ若いＯＬの『辛さ力』に完全に圧倒され、心に白旗を掲げたのだった。

「にしても……」

「ン？」

「いや、今の人の制服……どっかで見たことある気がするんだよなぁ」

※

「ちょっ真季ちゃん、ぎりぎりだよ」

「すいません、ちょっとお昼遠出しちゃいました」

その日、新宿にある携帯電話会社ドコデモのお客様相談センターで、鈴木梨香は同僚の清水真季が昼休みが終わる一分前でようやく戻ってきたので、胸を撫で下ろした。

「お昼に遠出？　どっかいいお店見つけたの？」

「あー、私的にはいいお店なんですけど、他の人にはオススメしづらいというか……」

それだけで梨香は察する。

「あー……真季ちゃんの例のやつか」

「はい。例のやつです！」

「今回は何」

「担々麺です。そこそこの辛さでしたね」

「真季ちゃん、辛さメーターぶっ壊れてるから参考にならないんだよ。前にスープカレー屋でエラい目に遭ったもんなぁ」

「だからあの時はごめんなさいって言ったじゃないですかぁ。……あーあ、誰かいないかなぁ。

私と一緒に辛いもの食べてくれる人」

「辛さ五十倍カレーとか言い出すような人間がそうそう転がっててたまるかっての……それこそ」

梨香は苦笑してコンソールに肘をつき、遠い目をする。

決してここでは明かせない秘密の世界に想いを馳せて、ぽつりと呟いた。

「異世界にでも行った方が早いんじゃないかな」

勇者、失ったものを探して迷走する

新宿駅に来るのは久しぶりだった。

ドコデモのお客様相談センターを解雇され、マグロナルド幡ヶ谷駅前店に勤めるようになってから、恵美が新宿まで足を伸ばす機会は激減していた。

現実問題として仕事が無ければ恵美は特に新宿に用が無い。

基本的には永福町と笹塚・幡ヶ谷を往復するか、そうでなければエンテ・イスラに行ってしまうので、ほんの少しの間来ないだけで、新宿の街並みが随分変わった気がする。

「そんなはずないんだけど、ちょっとビルに違うお店が入るだけでなんか変わった感じがするのよね」

一年以上留守にしたエンテ・イスラに大きな変化を感じなかったのに、わずかひと月弱来なかっただけの新宿の変化の方が強く感じられたのはなんとも不思議だった。

「アラス・ラムス、どう？　お腹すいてる？」

「すいたー！」

恵美の横で、薄手のコートを見に纏ったアラス・ラムスが元気よく返事をする。

「どう？　新しい靴、きつくない？」

「だいじょぶよ？」

アラス・ラムスは満面の笑みを浮かべてスニーカーを誇らしげに見せる。

この日は、恵美がエンテ・イスラにいる間にアラス・ラムスが外遊びするための丈夫な靴を新調するために新宿に来たのだが、折良く梨香から連絡が入り、久々に新宿で一緒に夕食を食べることになったのだ。

「あ、恵美ー、ごめんお待たせ！」

　そこに丁度、梨香がぱたぱたと小走りに現れた。

「最後の最後で問い合わせが長引いてね。ちょっと会社出るの遅くなっちゃった」

「大丈夫よ。まだ時間前だし」

「ようアラス・ラムスちゃん！　それ、新しい靴？」

「うん！　かわい？」

　レモンイエローのハイカットスニーカーをモデルのように前に出し、アラス・ラムスは鼻を鳴らして自信満々の笑みを浮かべ、梨香も相好を崩す。

「イケてるイケてる！　超可愛い！」

「にひ！　りぁねーちゃもかわいいよ！」

「おお！　生意気にー！　でもありがと！」

　お返し、というわけでもないだろうが、そんなことを言ってのけるアラス・ラムスに恵美は苦笑し、梨香はますますデレデレになってアラス・ラムスの頭を抱きしめた。

「そんで？　アラス・ラムスちゃんはお腹減ってるのかい？　ご飯どこ行こうか」

「へったー！　おなかぺこぺこ」

「ほんのちょっと来なかっただけで随分色んなお店が変わった感じがするんだけど、梨香、どこか新しいおすすめあったりする？」

「新しいおすすめかあ。いやーそれが……」

恵美の問いに、梨香は少しだけ照れくさそうに笑う。

「最近、色々事情がありまして、お昼はお弁当に切り替えてるんですわ。だからあんまりお昼外に出てなくて」

「そうなの？」

「お腹周りの事情ですとか、あとはちょっと貯金とかもしたいなって思って。ただ今までやってこなかったから、あっという間にレパートリーが尽きてさ。ネットのレシピとか見てもいまいちピンとこないことが多くて、日頃娘さんのご飯を頑張って作ってるエミリアママに、ちょっと自炊のコツなど聞きたいのよね」

「私もそこまできちんとできてるわけじゃないわよ。結構ベルやお父さんや……とにかく人に頼っちゃうところもあるし」

つい芦屋、アルシエルの名を出そうとして、最近梨香と芦屋の間にちょっとした出来事があったのを思い出し、危ういところで言葉を濁す。

「まぁ、なんやかんや恵美と一緒するのも久しぶりなんだけど、残念ながら新しいお店候補はご提示できないわけでして。恵美こそ、久しぶりに行きたいお店とかないの？」

「久しぶりに行きたいお店かぁ……うーん」

恵美は腕を組んでなんとなく周囲を見回す。

ドコデモに勤めていた頃は会社を中心に食べたいお店の候補が、地図アプリで検索するまでもなくいくつも頭の中に浮かんだのだが、いざ新宿が日常の行動範囲から外れてしまうと、あれほど毎日食べ歩いた店がほとんど浮かばなくなってしまうから不思議なものだ。

オフィス街の飲食店は、小さい子供が含まれるお客をターゲットとしていない店も多く、アラス・ラムスが食べられるメニューが無い、子供連れでゆっくりできない店も自動的に外れてしまう。

「駅ビルとか、デパートのレストラン街とかにする？」

「それも悪くないんだけど……」

恵美が悩んでいるのを見て梨香が横から言うが、今日は土曜日なのだ。

新宿の人手はいつもより多く、駅にくっついた建物のレストランは丁度これからが混雑のピークだ。

デパートのレストラン街で混雑を避けようとすると必然的に高い店に入らざるを得ない上にやはりお子様メニューに不安が残るため、できれば最後の手段にしたい。

久しぶりの梨香との新宿ディナーを特別なものにしたいのは山々だが、変にこだわりすぎるといつまでたっても店に入れなくなる。

ここは無理をせず、かつて梨香と何度も行った店を候補に入れるべきかと考えたとき、

「あ」

唐突に脳裏にある店が思い浮かぶ。

「そうだ！　あそこ行きたい！」

「お、どっかアテある？」

「うん。ここからちょっと歩くけど、大丈夫？　お蕎麦屋さんなんだけど」

「蕎麦か。いいんじゃない？　でもアラス・ラムスちゃん大丈夫？　お蕎麦、好き？」

「うどんある？」

質問と答えがギリギリ噛み合わないが、代わりに恵美が頷く。

「ベルのおかげでうどんは食べ慣れてるし、お蕎麦だって食べられるわ。そこね、座敷席があって、品数が凄く多いの。だからうまく入れれば少しゆっくりできるわ」

「あー、あれか、居酒屋まではいかなくても、夜はちょっとお蕎麦をアテにお酒飲めるようになる感じ？」

「そうなの。私、あのお店のカレーが食べたいの」

「カレーかいっ」

梨香は笑った。

「ままカレーだいすきよねー」

アラス・ラムスは右手に恵美、左手に梨香を連れながら、ご満悦で新宿の街に繰り出す。

「でも分かるわ。蕎麦屋のカレーってのは他のどの店のカレーとも違うとこあるよね」

「そうなの。会社から遠かったから、実は同僚とは一度も行ったことないんだけど……」

「へぇ。でも逆に、なんでそんな遠いとこの蕎麦屋さん見つけたの？」

薄暮の新宿を、新宿御苑方向へ歩きながら梨香が問う。

「日本に来てしばらくはずっと、魔王達を捜し歩いてたって話したでしょ？　その副産物」

「なるほどね。ただ、前に話し聞いて思ったけど、よく徒歩で歩き回って見つけたよね。愛と執念の力よね」

「……冗談だと受け取っておくわ」

梨香はエンテ・イスラの事情を知る前も知ったあとも、時々こういうことを言う癖があった。

二月のバレンタインで曲がりなりにも真奥にチョコレートを送ってしまった身としては、こういった場面で心にさざ波を立てると分かっていたらあんな気の迷いは決してしなかったのにと後悔しきりである。

「こっちよ」

話題を変えるように大通りを逸れて、恵美は細い道へ進んだ。

「お、いいね。裏路地にあるお店とかちょっと期待しちゃうじゃん」

「別に星がいくつとかそういうお店じゃないから、変に期待しないでね。ゆったりできてほどほどに美味しい物が沢山あるって感じだから」

「そういうのがいいんだって」

「ままおなかすいたー。まだー？」

梨香とアラス・ラムスの期待が否が応でも高まった頃に、

「もうすぐよ。そこの角曲がったらすぐに看板が見えるはず……」

恵美はそう言って少し早足に角を曲がった。

だが。

「えっ」

「あれ？」

確かにそこに蕎麦屋らしき建物はあった。

雑居ビルがひしめく中、古式ゆかしい二階建ての日本家屋に、年季の入った看板がかかっている。

だが問題は、その看板にも、そして店にも、灯りが無いということだ。

「え……えっ」

恵美はアラス・ラムスを梨香に任せ、一人足早に店の前へと駆ける。

「う、嘘でしょ」

店先には、一体いつからそこにあるのか、埃をかぶりコードを巻かれ、ヒビが入ってかけたビールメーカーの看板が寂しげに街灯に照らされている。

そして店の入り口には、恵美を絶望のどん底に落とす宣言が掲げられていた。

『お客様各位。そば処きよう庵は、一月三十一日を以て閉店いたしました。四十五年のご愛顧、誠にありがとうございました』

※

「なぁちーちゃん、今日、恵美なんか機嫌悪くなかったか？」

日曜日の夕方五時。千穂が退勤する一時間前に、真奥がこっそり声をかけてきた。

「私、また真奥さんと何か喧嘩でもしたのかと思いました」

「何もしてねぇっての」

千穂が悪戯っぽく笑い、真奥は渋い顔になる。

「でも、確かに今日の遊佐さん、ちょっとテンション低かった……違うかな、うーん」

千穂は少し悩んで首を横に振った。

「何か考え事してたように見えました」

「考え事？」

「はい。例えば……」

千穂はキッチンを振り向いて、バーガーのソースを落とすマシンを指さす。

「今日のピークじゃないときは、よくあそこで考え込んでる感じでした。ソースマシンを握ったままじっと見てるみたいな」

「はぁ……」

真奥も同じものを見て眉を顰める。

ソースマシンとは、バーガーをセットする際、ワンプッシュで必要なソースを最大で一度に四種類、定められた量だけ出すことができる道具だ。

「……今の俺達の日常生活で、ソースマシン見て悩むことってあるか？」

「特に今日だけ使いにくいとか、何か足りてなかったとかいうこともなかったですよね」

「なかったな」

真奥は腕を組み唸る。

「なぁちーちゃん……」

「それとなく聞いておきますね」

「……悪いな」

真奥は気まずそうに手を合わせ、千穂は仕方ないというように頷く。

「そこで普通に真奥さんが遊佐さんにどうしたって聞ければ、満点なんですけどね」

「向こうが嫌がることとするつもりはねぇよ」

「最近は案外そうでもない気がしますけど」

「え？」

「なんでもありません。それじゃ、帰るまでに、それとなく聞き出してみますね」

「悪いな。あいつ面倒抱えるとそのまま抱えっぱなしになるだろ。あとでどんな爆発の仕方するか分かんねえからさ」

神討ちの戦いに於いて、恵美は疑いなく最大戦力である。

恵美が不調を抱えるとそれだけ先々の戦いに不安が残るため、可能な限りトラブルの芽はつんでおきたい。

積極的にその戦場に関与しない千穂も、真奥のその気持ちは分かるし、真奥が恵美のメンタル的なトラブルに対し敏感になっているのも、二人に仲良くなってほしい千穂としては、複雑は複雑だが嬉しいことは嬉しいのだ。

「とはいえ、私と遊佐さんの仕事、微妙に被らないし、もし重い悩みとかだったら仕事中に聞くのも……」

千穂はマグロナルド・バリスタの社内資格を持っているため二階を担当することが多く、恵美はマグロナルドのベーシックな業務をスリムアップしている段階であるため、基本的に一階に配置されている。

「リヴィクォッコさんに探ってもらうのは無茶な気がするし、うーん……」

現実問題、恵美が悩みを抱えているかどうかも定かではないため、どこまで突っ込むべきか、逆に悩んでしまう千穂だったが、

「……千穂ちゃん千穂ちゃん」

件の恵美の方から、千穂に声をかけてきた。

「千穂ちゃん、六時で仕事上がりよね」

恵美の口調は少し遠慮がちだった。

「はい。遊佐さんもですよね？」

「ええ、それでね、ちょっと仕事終わったあとに時間あるかしら。相談、したいことがあるの」

おずおずと遠慮がちに、それでもすがるような瞳。

あの恵美に頼られている、という思いが千穂に火をつけた。

恵美の相談とは、間違いなく真奥が懸念していた、今恵美が抱えている悩みについてだ。応えなければならない。

「もちろん大丈夫ですよ！」

「良かった、ありがとう」

恵美は心底ほっとしたような顔になり、それだけで恵美の力になれた気がして、千穂は誇らしい気持ちになる。

「どんな感じのことです？　お店じゃマズそうなことですか？」

「うーん、マズいってことはないんだけど……でもちょっとお店じゃ分かりづらいというか、説明しづらいことなの。悪いんだけどお父さんの部屋でいいかしら」

「あ、はい。分かりました」

だが、それはそれで少し意外だった。

お父さんの部屋、とは、恵美の父ノルドが入居しているヴィラ・ローザ笹塚一〇一号室のことだ。

千穂の記憶が正しければ、ノルドは今エンテ・イスラではなく日本にいる。

主にアシエスの食事調達要員なのだが、店では駄目でノルドのいる場所でなら話せる、恵美が抱えそうな悩みとはなんなのだろう。

真奥に聞かれたくないことだろうか。それとも川田や明子に聞かせられないエンテ・イスラの悩みだろうか。

「それと、もし良かったら夕食をご馳走させてほしいんだけど、大丈夫？」

「え？　あ、は、はい。今日はうちにお母さんいないんで、自分で買うか作るかしようと思ってたんで……」

風向きがやや変わったことを、千穂は敏感に感じ取った。

世の中にそういうルールがあるわけではないが、普通こういう場合、夕食に誘ってから相談事を持ちかけるのが自然な流れだろう。

相談を持ちかけたテンションのまま、夕食を共にしてほしいというこの流れで、千穂は一気に恵美の抱えた悩みの性質の予想がつかなくなった。

困惑を深くした千穂だが、今更断るという選択肢はないし、どこで聞いていたのか、少し遠いところで様子を察した真奥が小さく手を合わせているのが見えた。

「……うん、頑張ろう！」

恵美の力になる。その前提だけは変わらないのだ。

やがて退勤時間が来て、千穂は恵美と共に帰路につく。

ヴィラ・ローザ笹塚までの道すがらにも恵美は、はっきり相談事から話題を逸らしていて、千穂も特に突っ込んだりはしなかった。

やがてヴィラ・ローザ笹塚が見えてきた頃。

「あれ？」

かすかにカレーの香りが漂っている。

つい最近もこんなことがあったような気がしたが、緊張の面持ちの恵美に案内されて一〇一号室に足を踏み入れると、室内はカレーの香りで満たされていた。

「いらっしゃい、悪いね、わざわざ」

「ちーねーちゃ、おつかれさましたー！」

ノルドとアラス・ラムスが笑顔で迎えてくれる。

カレーの香りは、仕事で疲れたお腹に実にくるが、すぐに妙なことに気づいた。

カレーの香りが、一種類ではないのだ。

コタツに座らされた千穂の前に並べられたのは、小さな皿に盛られた異なる三種類のカレーライスだった。

「あの……これは？」

「……千穂ちゃんに相談したいことは、このカレーなの」

向かいに座った恵美は真剣な顔で、言った。

「か、カレー？」

「ええ、そうよ」

頷く恵美の背後で、ノルドが千穂に対する申し訳なさと娘に対する慈愛がないまぜになった、言いたいことを言えない日本人の如きあいまいな笑顔を浮かべていた。

「この三種類のカレーの中で、お蕎麦屋さんのカレーに最も近いものを言ってほしいの」

「あの」

恵美の気迫と言葉の重さが、目の前の食卓と全くマッチしない。

「必要なら、アラス・ラムス用に作った甘口も食べて頂戴」

必要とは一体なんの必要なのか。

さらに一皿カレーが追加され、千穂は冷や汗を流しはじめた。

「あの、ありがたく頂戴しますが……なんなんです？　これ」

他に聞きようもない。

「だから、お蕎麦屋さんのカレーについて聞きたいの」

「ごめんなさい。もしかしたら初めて会ったときと同じくらい遊佐さんが何言ってるか分かるのに分からないです」

恵美が仕事の手を止めてしまうくらいに思い悩んだ末に持ちかけられた相談に乗ったらカレーが四皿目の前にあるのだ。

「エミリア、もう少しきちんと説明しないと伝わらないぞ」

ようやく来た助け舟は、既に一度千穂と同じ洗礼を受けた者の声であった。

「……」

手を組んで千穂を真っ直ぐ見ていた恵美はしばし黙っていたが、やがて絞り出すように言った。

「……私の最初のカレーを、探し出してほしいの」

「ごめんなさい。やっぱり何言ってるか分からないです」

※

一週間前の週末、アラス・ラムスを連れて梨香と共に外食に出た恵美は、目当ての店が閉店していたことを知る。

待ち合わせ場所からそこそこ歩いたため恵美は平謝り。

梨香は笑って許してくれて、その後は近場のイタリアンレストランに入ってその日の夕食自体は事なきを得た。

だが、恵美にとって、そば処ききょう庵の閉店は、ただ好みの店が閉店した以上の大きな意味を持っていたのだ。

「ききょう庵はね、私が初めてカレーライスを食べたお店なの」

「ああ、ああ！　そういうことですか！　それでこんなに……」

ここまで聞いて、千穂もようやく合点がいった。

目の前に並んだ四種のカレーを眺めて何度も頷く。

「そのお店のカレーを再現しようとしてるんですね⁉」

「そう……なんだけどね」

恵美の表情は暗いままだ。

「実は、完全に手がかりを失ってるの」

「正直私はしばらくカレーを食べたくない」

恵美の後ろから、ノルドがどこか遠い目でそう言った。

「この一週間、色んなカレーを作ったわ。他のお蕎麦屋さんのカレーも沢山食べた。でも……どれも、ききょう庵のカレーとは似ても似つかないの。それで色々食べてるうちに、お蕎麦屋さんのカレーってどんなだったっけ、って分からなくなっちゃって……」

「はぁ……」

「それで、私の身の回りで料理の味に詳しい人って、千穂ちゃんかベルかアルシエルくらいしかいなくて……でも、いつだったかアルシエルは、カレーはほとんど作ったことがなかったって言ってたでしょ？　ベルは最近エンテ・イスラに行ったまま帰ってこないことも多いし、それで……」

「とりあえず、お話は分かりました」

言いつのる恵美を止めて、千穂はスプーンを手に取った。

「まずこの四つのカレーを食べて、私は何を判断すればいいですか？」

「……千穂ちゃんが一番、お蕎麦屋さんっぽいカレーって思ったものを教えてくれる？」

「分かりました。……それじゃ、いただきます」

千穂は皿に軽く会釈をして、端から順に匙をつけてゆく。

一番右に置かれたのは、アラス・ラムス用の甘口カレー。

千穂が普段食べ慣れている中辛のカレーに比べると確かに甘口だった。

だが、幼児向けと侮っていたそのカレーには、思いの外はっきりとスパイスの香りと味が浮き上がっていた。

舌が感じているのは甘みだが、大人が匂いだけで判断すると辛いと錯覚してしまうかもしれない。

二皿目は鶏肉と人参とジャガイモのスタンダードなカレーで、スパイスの香りは甘口のものよりも抑えめに感じられる。

代わりに舌に残るのは、玉ねぎの強い甘さをパートナーにした淡い出汁の香りだった。

魚介の出汁ではなく、シイタケの出汁だ。

その香りを感じ取った瞬間、カレーライスが得も言われぬ和風の空気を帯びはじめる。

三皿目は、打って変わって赤いカレー。

口に入れる前から一目でトマトピューレをベースに使ったものだと分かる。

こちらも使われている肉は鶏肉で、かすかにハーブの香りが紛れており、出汁のそれとは全く違う、トマトのうま味が全面に押し出されたものだった。

最後の皿は、これまでの中で一番辛口だった。

辛い物があまり得意ではない千穂には、少々強すぎるほどの胡椒の刺激。

だがそれでも食べ進められるのは胡椒の刺激と同居するリンゴとはちみつと玉ねぎの甘みのおかげだ。

恵美は食べ進める千穂の様子をただ眺めていた。

やがて全ての皿が空になってから、

「っぷ……ごちそうさまです」

少しだけ辛そうにお腹を撫でながら、千穂は匙を置いた。

「……何から話せばいいですか？」

「千穂ちゃんにとって、お蕎麦屋さんのカレーってどれだった？」

その問いには、すぐに答えられた。千穂は二皿目を指さす。

「いかにもな感じでした。これで油揚げとか載ってたらそのままカレーうどんとかになりそうな味でした」

「やっぱり、そうよね……じゃあ、違ったんだ……」

「どういうことですか？」

「ききょう庵で出してたカレーは……『お蕎麦屋さんのカレー』じゃなかったんだわ」

一般的に蕎麦屋のカレーと呼ばれるものの大半は、蕎麦屋、うどん屋でまずカレーうどんなどにして提供されるカレーをカレーライス用に転用したものが一般的だ。

「でも、私が覚えてる味に一番近いのは、最後のなの」

「え？　これですか？」

千穂は驚く。

恵美が指さしたのは、四皿目の香辛料の刺激が強かった皿だ。

およそ蕎麦屋で出てくるような味ではなく、どちらかといえばレジャー施設やフードコートなどでありそうな、ある種ライトな味だったのだ。

「今日一番近いのはね。ききょう庵のはもっと辛さと甘さがきちんと融合してたの。そんな、香辛料とリンゴが別々に走ってるような味じゃなかったわ」

カレーを食べるのにそんな評価をしたことはなかったが、恵美が言わんとすることは分かる。

この四皿の中で、最も味に纏まりがないのが四皿目だったからだ。

「やっぱり、家庭でプロの味を再現するなんて無理なのかしら……」

消沈してしまう恵美に、千穂が尋ねる。

「ききょう庵さんて、どんなお店だったんですか？」

「……普通、って私が言うのもおかしいけど、でも普通のお蕎麦屋さんだったと思うわ。どうして？」

「都心のお蕎麦屋さんって、凄い高いイメージあるんです。高いお店だったらカレーも特別なスパイスをブレンドしてるとか、どこかセントラルキッチンみたいなところで作ってるものを運んできてるとかあるんじゃないかなって……」

「ううん。言ったら悪いけど、高級店じゃないわ。だって私がアラス・ラムスと梨香をつれて予約も無しにふらっと行こうと思ったくらいよ。カレーライスだって確か、六百円くらいだったと思うわ」

「え、それかなり安いですね」

千穂も一年弱飲食店で働いてきたので、ものの値段が色々なものとの相関関係で設定されていることくらいは理解している。

だからこそ新宿のど真ん中で、カレー一杯六百円で提供するとは並大抵の店ではない。

カレーがその値段である以上、メインの蕎麦もまた、そこまで極端に高いとは考えづらかった。

「一番高いものでも一二〇〇円くらいじゃなかったかな。もちろんお酒とかアラカルトとか頼めばもっと高くなるんだろうけど、ほら、私……」

時々忘れそうになるが、恵美の本当の年齢は千穂と一歳しか違わないのだ。

「それくらい、気楽に入れるお店だったんですね」

「そうなの。そこに通ってた頃は梨香ともまだそこまで親しくなくて、魔王もアルシエルも見つからなくて、それでめげそうになったときはついそのカレーが食べたくて、それで……」

恵美の声に、後悔の色が見えた。

「……最近は、全然行けなかったんですね？」

「最後に行ったのは半年近く前よ。そのときもカレーを食べたの。でも、思えば店主のお婆さんも大分お年を召されてたし、お店を続けるのが大変になっちゃったのかもって思うと……」

恵美の一方的な片思いではあるが、それでも恵美はききょう庵に、折につけ元気をもらってきたのだ。

それなのに、真奥との再会を経てからの生活が忙しくなり、徐々に足が遠のき、最後に行ったのは、アラス・ラムスと共にエンテ・イスラに行った昨年秋のことだった。

望めばいつでもそこにあると思っていた。

だが、実際は。

「たった一か月……たった一か月で……」

たかがカレー。たかが蕎麦屋。

二度と行かなくなる店も、二度と行けなくなる店も、生きていればいくらでもある。

それでも。

「……鶏肉を使ったカレーで、この四皿目に、近い味だったんですね？」

今の恵美にとって『失う』ということは、何物にも勝る恐怖なのだ。

ききょう庵は、きっと復活しないだろう。

話を聞く限りは古くからある個人店で、特別な常連でもなかった恵美が店主や関係者のその後を追跡することは不可能だ。

それこそ、長年続けてきた歴史ある店の味を、ものの数日で再現するなどおこがましいにもほどがある。

だがそれでも。

「好きな物、美味しく食べたいですもんね」

「……うん」

まるで子供のように、恵美は小さく頷いた。

それから、実に二か月が経った。

千穂は恵美の、ききょう庵のカレーに対する想いを受け取りはしたが、想い一つで何もかも解決するほど現実は容易ではないし、千穂も恵美も毎日カレーを作ってはお互い食べるほど暇なわけでもない。

千穂は受験のためにマグロナルドのアルバイトを辞め、真奥と恵美も神討ちのためにエンテ・イスラに行くことが増えた。

その間、千穂と恵美がカレーについて情報交換したのは片手で数える程度。

それぞれがそれぞれの役割に忙しくしていたある日、恵美のスリムフォンに千穂からの連絡が入った。

『ききょう庵のカレー、できたかもしれません』

※

その日、佐々木家のダイニングに招かれた恵美は、玄関に上がったその瞬間早くも心臓が跳ね上がった。

キッチンから流れ出るその香りは、記憶の底にあったききょう庵の、そして日本で初めて食べたカレーライスそのものの香りだったから。

「どうぞ。ききょう庵カレー、かっこ仮です」

千穂も緊張の面持ちだ。

決して自信に満ちた顔ではない。千穂はききょう庵の味を知らないのだから、恵美から聞いた、恵美と話し合ったものから導き出すしかないのだ。

「いただきます」

恵美は手を合わせてから、カレーに匙を差し入れ、口に運んだ。

そしてその最初の一口で、

「……っ‼」

口を押さえ、咀嚼を続けながらも千穂を見た。

はらはらと見守っていた千穂は、見開かれた瞳で見返してくる恵美の顔を見て、試みが上手くいったのだと少し表情を緩める。

最初の一口を飲み込んだ恵美は、呆然と尋ねた。

「……どうやったの？」

課題であった香辛料の刺激とリンゴの甘みの融合が完璧に成立している。

深い甘みと酸味と辛さが、カレーのルーも具も一つに纏めている。

淡泊な鶏もも肉を採用しているためか、複雑で濃厚な味なのになぜかさっぱりとした印象を受ける。

「ヒントは、遊佐さんの話の中に全部あったんです」

ききょう庵は決して高い店ではなく、材料製造のための大きな会社や工場を持つチェーン店でもない。

高齢の店主が都会の片隅で長年切り盛りしていた、シンプルなお店だ。

当初恵美も千穂も、味の纏まりを追求するために多様な香辛料を配合したり、リンゴの品種を変えてみたり、はちみつや黒糖などの甘味料で味の統一を取ろうとしたり、果ては無水カレーに手を出してみたりとと試行錯誤した。

だが冷静に考えると、蕎麦が主役の店のカレーに毎日そんな手間をかけているとは思えなかった。

逆にかけているなら六百円などという値段が実現できるはずがない。

「私達が感じていた香辛料と合わさらない甘み、なんだったか覚えていますか？」

「えっと……色々試したけど、候補に挙がってたのはりんごと玉ねぎ、それから人参にトマト、あとは、レモン果汁とか使ったこともあったわよね」

「はい。そうです」

千穂は重々しく頷くと、恵美の正面の椅子に腰かける。

ちょうどあの日とは逆の立場になった恵美は、ごくりと喉を鳴らした。

「その中に、正解があったの……？」

「そうとも言えますし、そうではないとも言えます……正直、どうして私、最初からこのことに気づかなかったのか、自分が不思議なんです。思い込みって怖いというか……このカレーを作るための最後の鍵を持ってたの、誰だったと思います？」

「えっ」

千穂もまた、誰かに相談したということだろうか。

別にカレーのレシピを研究していること自体は秘密でもなんでもないし、閉店した店に行けなくなって凹んでいたということさえ秘密にしてもらえれば、誰に聞かれても困りはしない。

だが恵美の身近に、四十五年営業した蕎麦屋のレシピを容易に暴ける人間がいるとは思えなかった。

「ぱっと思いつくのはやっぱりベルとアルシエル……もしくは木崎さんや岩城店長とか？」

身近で料理が得意な二人と、飲食店の社員である二人を挙げるが、千穂は重々しい仕草で首を横に振り、そしてその名を口にした。

そしてその名を聞いた恵美は、この『ききょう庵カレーかっこ仮』の一口目を食べたとき以上の驚きに襲われることになる。

「リヴィクォッコさんなんです」

「…………えっ」

絶句とは、まさにことのことだった。

何故、と問うことすらできなかった。

リヴィクォッコは魔界の悪魔、マレブランケの統領格で、日本にやってきてからまだ日が浅い。

芦屋が不在のヴィラ・ローザ笹塚二〇一号室で真奥の食べる食事を今は彼が作っているらしい。

だが真奥が言うには、リヴィクォッコの作る料理はとにかく量と濃い味と腹持ちが優先。

芦屋の繊細な料理手腕とは全く異にする調理法ばかり習得し、インスタントや冷凍食品を使って適当に済ませることもいとわないらしい。

そんなリヴィクォッコが、香辛料と果実の甘みを融合させるための最後のピースを握っていたとは、とても信じられなかった。

「鈴乃さんにも、芦屋さんにも、木崎さんにも、岩城店長にも……実はもっと言うと、天祢さんや真奥さんにもそれとなく聞いてみたんです。でも、皆香辛料の扱いがそもそも難しいってまず言って、それこそお店の味を再現するのは難しいんじゃないかって言うばっかりで」

もちろん恵美にもそのことは分かっている。

だからこそ、何故リヴィクォッコなのか……。

「りんごと玉ねぎ、それから人参にトマト、あとは、レモン果汁……それに香辛料」

千穂は、それらの味を一つに纏めるための方策を探していたが、予備校帰り道でリヴィクォッコに何げなくその話題を振ったところ、思いがけないことを言い出したのだ。

『その組み合わせ、どっかで見たことがあるな』

と。

「組み合わせって言われれば、どうして千穂ちゃんの予備校の帰り道にリヴィクォッコが？」

「前にちょっとトラブルがあって、そのときリヴィクォッコさんに助けてもらってから、時々家まで送ってもらってるんです……それよりも」

リヴィクォッコは佐々木家へ向かう道すがら、どこでその組み合わせを見たのかしばし悩んでいたが、たまたまスーパーマーケットの前を通った時、はたと大きな手を打った。

そして千穂をスーパーに連れ込むと、ある売り場へと連れてゆく。

そこにあったものを見た千穂はまさに、目から鱗が落ちる思いがした。

「これです」

千穂はテーブルの真ん中に、ドンと音を立ててそのボトルを置いた。

そこには確かに、りんごにたまねぎ、人参にトマトがあった。

「中濃ソース!?」

どのスーパーにも必ず売られていて、どの家庭にも一本は常備されているような大手メーカーの中濃ソースだ。というか、恵美の部屋の冷蔵庫にも同じものが入っている。

成分表を見ると、先ほど挙げられた野菜やフルーツに加え、香辛料や恵美たちが試さなかったフルーツの名も表記されている。

「今日のカレー、余ったルーで作ったカレーにこのソース入れただけなんです」

「そ、それだけのことなの?」

「そうですね。特別なことと言ったら、ソースはちょっと入れすぎかなってくらい入れました。さぁ、冷めないうちに」

「え、ええ」

促され、恵美は改めてかっこ仮のカレーに向かい合う。

あれだけ苦心した味の融合があっさりとなされ、記憶の中のききょう庵のカレーに近い。

だが。

食べ終えた恵美は、満たされたため息をついた。

「ありがとう千穂ちゃん、これが……」

「違いますよね」

だが、全てを言う前に千穂に止められた。

千穂はソースを差し出したときと同じ、厳しい目のまま恵美をじっと見据えていた。

「え……」

「違いますよね。きっと。微妙に。何かが足りないって思ってますよね」

「ち、千穂ちゃん？」

「私言いましたよね、かっこ仮。だって」

千穂はそう言うと立ち上がり、冷蔵庫から小さな鍋を取り出した。

「遊佐さん、自分で気づいてます？　実はすっごく、ご飯の味にシビアなの」

「えっ」

「これでも何度も遊佐さんに私が作ったもの食べてもらってるんです。遊佐さんが本当に美味しいって思ってる顔、覚えてますから」

千穂は冷蔵庫から取り出した小鍋を火にかける。

「かっこ仮だって言ったのは、ここまでやったらやりすぎかなって思ったからなんです。でも、もしこれで『物足りない』ってなった場合、やっぱり必要なんだって」

先ほどよりも小さめの皿に、新たなカレーが盛られ、差し出される。

「まだ、お腹に余裕あります？」

恵美は困惑しながらも頷き、その二皿目と向かい合う。

香りも見た目も変わらない。だが。

「これ……っ‼」

声が出た。

「これよ！　これだわ！」

一皿目は、香辛料の鋭さと野菜やフルーツの甘さは確かに纏まっていたが、それはそれで味全体の鋭さが増し、酸味が際立つ味になっていた。

だが、一見何も変わらないこのカレーは、その鋭い酸味を淡い膜が包んで、カレールーが持つ甘みとより深く馴染んでいた。

「やっぱりそうだったんですね。ネットに残ってたききょう庵さんのカレーの口コミを見たら、半分くらい『お蕎麦屋さんらしい優しい味』って書いてあったんです。でも、ソースだけじゃ、遊佐さんが言っていた味にはなっても『お蕎麦屋さんらしい優しい味』とはちょっと違う気がして……でも、これも結局、最初に遊佐さんが言ってたことの中にヒントがあったんです……『家庭でプロの味を再現するのは無理』って」

「どういうこと？」

文句などあるはずもなかった。

この二皿目のカレーは、恵美があの夜食べようと心に決め、喪ってなお求めたカレーそのものだ。

そして肝心の恵美が忙しさにかまけて研究できていない間に、本物を食べたことのない千穂が見事に再現してみせた。

それなのに、再現するのは無理、とは……？

「その話をする前にですね、申し訳ないんですが、材料費を出してもらいたくて」

「あっ！　も、もちろんよ！　本当にありがとう！　千穂ちゃんだって暇じゃないのに、私があんなこと言ったせいで……」

最初に恵美から言うべきことを千穂に言わせてしまった。

慌てて財布を取り出そうとした恵美に、千穂から一枚だけレシートが差し出される。

それを見て、恵美は目を丸くした。

「えっ⁉」

たった一品目『蕎麦粉　一キロ１８００円』。

「……もしかして……蕎麦湯？」

「蕎麦湯って、作ろうと思うと大変なんですね。最初は普通にお蕎麦を茹でればそれでいいかなって思ってたんですけど……家で食べる程度の量じゃ、全然蕎麦湯にならなくて」

ききょう庵のカレー、真の最後の一ピース。それは、濃厚な蕎麦湯だった。

だが、一般家庭で食べる程度の量では、関東の蕎麦屋の湯桶に入っているような白くてどろりとした蕎麦湯には到底ならないし、無理にやろうと思えば途方もない量の蕎麦を茹でる必要がある。

そこで、蕎麦打ちをするための蕎麦粉をお湯で溶けば、即席蕎麦湯の出来上がりである。

だが、これにはこれで大きな問題があって……。

「近くのスーパーだと、一キロ以下のサイズって売ってなくて」

蕎麦粉の賞味期限は決して長くないが、基本的には蕎麦打ちをするために売られているものなので、小ロットでもかなりの量があるのだ。

近年ではシフォンケーキやガレット、お好み焼きなどに蕎麦粉を用いるレシピが流行しているが、それでも一キロの蕎麦粉を消費するにはかなり意識して蕎麦粉レシピに挑まなければならないのだ。

「味こそ出汁とか油揚げとかネギを使うような『お蕎麦屋さんっぽさ』はありませんでしたけど、この濃い蕎麦湯で味を纏めるんだって気づいたときに、やっぱりこれは『お蕎麦屋さんのカレー』だったんだなって」

ききょう庵のカレーがどのような経緯で生まれたのか、恵美にも千穂にも分からない。

だが、一二〇〇円の蕎麦メニューがある店で、六百円の独特なカレーが生まれたのは、濃厚な蕎麦湯が自然に生まれるほど蕎麦が人気の店だったからこそなのだ。

カレーの専門店のように、スパイスや素材に強いこだわりを持って生まれたものではない。

だが、お店の工夫が、或いはお客の要望が、ききょう庵だけの安価なオリジナルカレーを生み出した。

「千穂ちゃん、本当にありがとう。凄く元気が出たわ。蕎麦粉だけじゃなくて、他にも色々お金かかったんじゃない？　お願いだから、全部請求してね」

「良かったです。蕎麦粉以外はそんなにないんですけど、あとでレシート渡しますね」

千穂は微笑む。

恵美の不調は、皆の先々に影響する。

千穂自身、普段触れない食材や香辛料などを使うことで料理の研究にもなったし、受験勉強の気分転換にもなった。

「さすがに蕎麦湯だけっていうのもあれなんで、蕎麦粉のデザートガレット作ってみました。どうぞ。残りの蕎麦粉、いります？」

バニラアイスクリームにバナナを添えてはちみつをかけた蕎麦粉ガレットに舌鼓を打った恵美は、心もお腹もいっぱいで、アラス・ラムスの待つ一〇一号室への帰路についた。

※

それからまた二週間経ったある日のこと。

永福町のマンションで千穂から教わったききょう庵カレーを浮き立つ心で作っていた恵美のスリムフォンに梨香からメッセージが入った。

『この前行けなかった店、なんか面白いことになってるよ』

送られてきた写真は、梨香と清水真季が揃ってクレープのようなものを持ってる自撮り写真だった。

だが、クレープの割には生地の色がやや薄暗い。

「バルーンフラワー・ハウス？」

クレープの包み紙と梨香のメッセージには、店の名前らしきもの。

なんの気無しにネットで検索してみると、蕎麦粉を使った低糖質ケーキやガレット、クレープなどの蕎麦スイーツに、おしゃれなカップで提供されるはちみつホット蕎麦茶をメインに売り出した新しいカフェがヒットした。

「Balloon flower house……桔梗の家、ききょう庵、か」

恵美はかき混ぜた鍋のカレーを見下ろし、

「そっちかぁ～」

苦笑してしまった。

情報提供のお礼の返事をしてスリムフォンをエプロンのポケットにしまうと、鍋の中身をすくって味見をする。

「ん、ＯＫ」

火を止めてリビングを振り返る。

「アラス・ラムス！　ご飯よ。テーブルの上、おかたづけしてちょうだい」

「……またかれー？」

アラス・ラムスがらしくもなく渋い声を上げるのも仕方がない。

千穂製ききょう庵のカレーレシピが手に入って以来、恵美は永福町の自宅にいるときは、三日に二日はカレーを作ってしまっているのだ。

ききょう庵カレーは甘口のルーを使ってもソースの香辛料のおかげでスパイシーさは失われず、それでいて辛口ではないので、少し牛乳で薄めるだけでアラス・ラムスも食べられる。大人用と子供用のカレーを分けて作る必要がないのも連チャンしてしまう大きな原因であった。

「コーンスープもあるから、ね、お願い、ままにつきあって？」

「うーん……なら、いいけど」

とはいえ恵美は毎日でも食べられるがアラス・ラムスが飽きてしまうとなると、さすがに頻度は落とさなければならない。

だが、一度失ったと思ったものを仲間の力で取り戻すことができた喜びも相まって、恵美の中では全く飽きる気配が無いのである。

「……今度、エンテ・イスラの魔王城の炊き出し係、代わってもらおうかしら」

コーンスープで納得はしたものの、それでも飽きたカレーに不満たらたらなアラス・ラムスの横顔を見ながらそんなことを画策する。

「いただきます」

「……だだきます」

アラス・ラムスは渋々という感じで匙を進めるが、ふと、恵美の横顔を見上げて尋ねた。

「まま、カレーおいし?」

「うん、とっても!」

「……そっかー」

アラス・ラムスは飽き飽きした顔でカレーをじっと眺めるが、ままが嬉しそうな顔で食べ進めるのを見て、

「ん。おいし」

子供なりに仕方ないという風に頷いて、真剣に夕食に取り組むのだった。

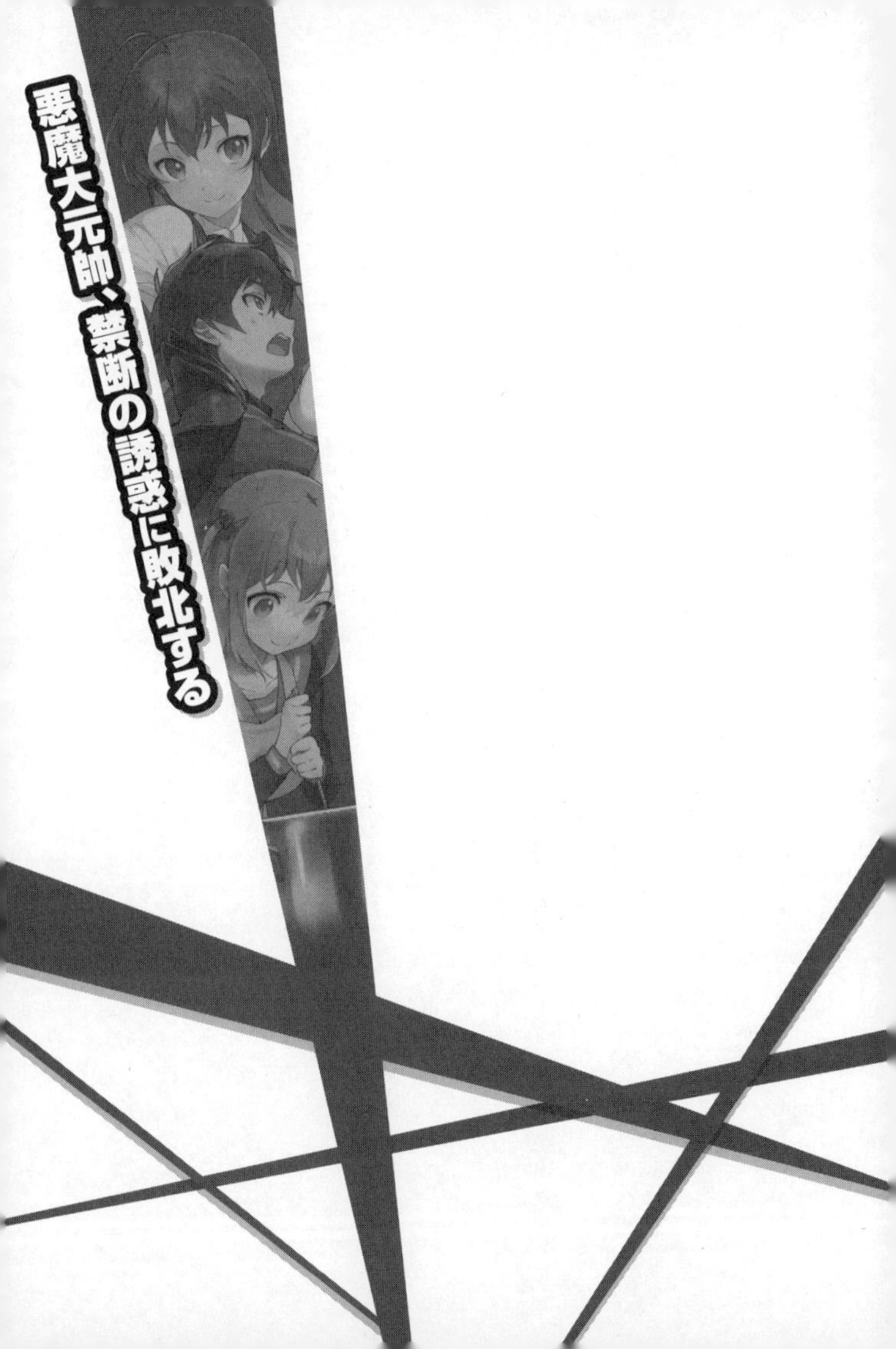
悪魔大元帥、禁断の誘惑に敗北する

それがどのような運命の悪戯でそこに置かれたものなのか、もはや誰にも分からない。

ただ様々な偶然を掻い潜って、それが芦屋四郎の目の前に現れたことだけは間違いのない事実だった。

「なんだこれは」

白を基調とした、手に馴染んで軽く小柄なパッケージ。

手に入れようと思えば子供でも簡単に手に入れられるものだがしかし、笹塚の魔王城、ヴィラ・ローザ笹塚二〇一号室ではまずお目にかかれないはずのものだった。

「何故、魔王城にカップラーメンなどというものが……」

シンク下の戸棚の奥から、カップラーメンが一つだけ出てきたのだ。

お湯を入れて三分で食べられることでお馴染み、誰もが知るインスタント食品。

だが魔王城に於いては、カレーライスに継ぐ禁忌の食べ物と芦屋が設定して以降、存在が許されなくなった食べ物でもあった。

その理由はただ一つ、ありとあらゆる食品の中で、コストパフォーマンスが最悪だからである。

「私が買ったものではないはずだ……だとすると、漆原……いや、魔王様か？　あまり見たことのないパッケージ。職場の御同僚にもらったというケースも考えられるが」

禁忌とはいえ、スーパーマーケットやコンビニエンスストアでは常に新商品が提供され、メジャーな定番商品から意欲的な新規商品まで常に目立つように陳列されているため、世の中にどんな商品が出回っているのか芦屋もなんとなくではあるが把握しているのだ。

「む？　なんだ。そういうことか」

だがパッケージを見回して、あることに気づいた。

なんとこのカップラーメン、賞味期限が間近に迫っていたのだ。

カップラーメンといえば、他の食品に比して圧倒的に保存性が高いのが売り。

暑かろうが寒かろうが半年一年は余裕で常温で保存しておけるカップラーメンだが、発見されたものの期限は一週間後に迫っていた。

つまりそれだけ昔に紛れこんだものということで、最早忘れられて久しいということだった。

「……どうしたものかな」

芦屋はしばし悩んだ。

これからしばらく、芦屋はエンテ・イスラに常駐することになっている。

天界に攻め込み、アラス・ラムスの兄弟姉妹を助け出す計画を遂行するためだ。

真奥はマグロナルドの仕事があるので笹塚とエンテ・イスラを往復することになるが、漆原は既に先行しており、結果的には当分の間、二〇一号室の食糧事情が芦屋の管理から離れることになる。

芦屋は部屋の時計を見上げる。

しばらく拠点をエンテ・イスラに移すため、現在芦屋はプチ引越し作業中だった。集中して荷物の梱包や掃除をしていたため、昼食時を少し逃していたのだ。

「食べてしまうか」

期限前とはいえいつ誰が買ったかもわからない古いものだ。

それに真奥は漆原ほどではないが、割とジャンクな味付けや食品を好む傾向にある。

今ここで食べなかった場合、何かの拍子に期限が切れてしまった段階でこれを見つけた真奥が適当に食べてしまわないとも限らない。

「ヤカンはどこによけたかな。置いていく予定だったから、っと」

キッチンの隅に置いていたヤカンに水を入れてコンロにかける。

一応真面目にパッケージを眺めると、かやくやスープは最初から入っているが、後入れの香油がついていた。

お湯を入れて三分後、食べる前にこの油を入れると良いらしい。

「とんこつしょうゆ、か」

キッチンタイマーを使ってきっちり三分計ってから蓋を開けると、麺が浮き上がっている。

「そうか。かき混ぜるのか」

箸を入れてかき混ぜるとしっかり麺は解れていた。

パッケージ写真のような綺麗なラーメンの見た目にはならなかったが、それはそういうものだと割りきって香油を入れる。

「香油というだけあって、香りはまぁ、悪くないな」

元々持っているカップラーメンに対する印象の悪さからついそんなことを言ってしまうが、はっきり言って想定を遥かに超えて『良い香り』だった。

香りをかぐと同時に急激に空腹を自覚した芦屋は、卓について手早く手を合わせる。

「いただきます」

そして最初の一箸に口をつけた、その瞬間だった。

「……ッ」

芦屋はしばしの間、息を呑んだまま固まってしまったのだった。

※

「あの、芦屋さん、ちょっと今いいですか？」

芦屋と漆原がエンテ・イスラに常駐するようになってからしばらくした頃。

中央大陸の魔王城に時折やってきては、詰めている騎士達や悪魔への炊き出しを手伝う千穂が、少し困惑した様子で玉座の間の『六畳一間』に現れた。

「どうしましたか佐々木さん。何か問題か、トラブルでもありましたか？」

千穂はこのエンテ・イスラの魔王城では悪魔以上にイレギュラーな存在である。

言うなれば唯一の異世界人。

エンテ・イスラの全ての人類、そして悪魔達が知らない場所からやってきた存在であるだけでも異色なのに、魔王や勇者、悪魔大元帥や宮廷法術士とも分け隔てなく接することができるのだ。

そのせいか、千穂が初めてエンテ・イスラに来た当初、千穂の正体や、千穂との接し方を測りかねて芦屋のところには悪魔達が、鈴乃やエメラダのところには人間達が、大勢相談に訪れたらしい。

今でこそ千穂は人間と悪魔双方に受け入れられているが、かといって千穂がエメラダやアルバートやルーマック、リヴィクォッコやファーファレルロなど、日本に関わったことのあるメンバー以外と個人的に親しく交流しているという様子は見受けられなかった。

もしかしたら、何か千穂がエンテ・イスラで過ごす上で問題を抱えたのかもしれない。

芦屋は取りかかっていた魔王城修理の進捗管理を横に置いて千穂に向かい合った。

千穂は靴を脱いで畳の上に上がると、困惑顔のまま周囲を見回して、辺りを憚る様子。

「何か、深刻な問題が発生しましたか？」

「えっと……深刻か深刻じゃないかはちょっと私には分からないんですが……」

「え？　はぁ」

「あの、芦屋さん、体調崩してるとか、寝不足とか、もしくは気持ちが何かふさぎ込んでるとか、そういうことありません？」

「ええ？」

千穂が心配そうに顔を覗き込んでくるので、芦屋は逆に面食らってしまう。

「私が、ですか？」

エンテ・イスラに常駐する生活で、芦屋はむしろ体調も精神面も多いに充実していた。

何せ、エンテ・イスラにいる限り、漆原が買い食いや無断でネットショッピングをすることは絶対にない。

エンテ・イスラの大気には聖法気だけでなく魔力も摂取可能であり、つまりは食事を取る必要が無く、食事を取ろうと思えば、エメラダやルーマックや鈴乃の手配でいつでも充実した食事がとれるし、やろうと思えば自分でエフサハーンに交渉して調達することもできる。

そして、それこそ魔力がある世界では睡眠すらさほど必要ではない。

一応日本に帰ったときのことを考えて人間の生活サイクルで睡眠をとるようにしてはいるが。

「今の私は、そんなことは全くありませんよ？」

「本当ですか？」

「ええ、本当です。もちろん、心配事が一切ないというと嘘になりますが……」

「なんですか⁉　なんでも言ってください！」

「ど、どうされたんですか佐々木さん！　大丈夫ですよ！　嘘は言っていません！」

「……本当ですかぁ？」

これだけ言っても、なぜか千穂の疑いは晴れていないようだ。

「本当ですよ。そ、そうですね。今私の心配事といえば……日本におられる魔王様が、きちんと食事をしているか、くらいで……ええ、それくらいです」

千穂は一瞬の言い淀みを見逃さなかった。

「今、何かちょっと頭よぎってましたよね!?」

「な、なんでもないです！　本当です！　少なくとも今の私の健康状態に悪影響を及ぼす問題ではありません！」

これは本当のことだった。

ただ一瞬だけ、千穂と同じようにエンテ・イスラに顔を出すようになってしまった鈴木梨香の顔が、脳裏をよぎっただけだった。

「……なら、いいですけどぉ……」

この期に及んで千穂はまだどこか信じられないようだ。

芦屋は嘆息すると、千穂に体ごと向き直った。

「一体どうしたというんですか。何か私が体調を崩したという噂でも立っているのですか？」

「噂……とはちょっと違うんですけど」

千穂はまた周囲を憚るように左右に目を走らせてから、小さな声で言った。

「人間の人が結構大勢、芦屋さんに睨まれてて怖い、って……」

「……は？　今更ですか？」

「今更って……え、もしかして最初から結構人間のこと睨んでるんですか⁉」

「……睨んでいたように思いますね」

芦屋は苦笑しながらも肯定する。

「ベルやエメラダ・エトゥーヴァの紹介とはいえ、私は基本的にあまり人間を信用しておりません」

「はぁ……」

千穂が微妙な顔をしたままなので、芦屋は慌てて首を横に振る。

「ああ！　もちろん佐々木さんや佐々木さんのご家族や、鈴木さんや、あとはまぁ、ベルは例外です。ですが基本的に私は悪魔で、この世界に於いては侵略者です。お互い、心から信用しているのも妙な話でしょう？」

「いえ、そういう大袈裟な話じゃなくてですね……あの、はっきり言います。私に相談してきた人達、皆同じこと言うんです。芦屋さんに睨まれるのが、必ずご飯のときか休憩中だって」

「食事中か、休憩中……？」

特別人間と友好的に接したことはないが、かといって食事中、休憩中に限って人間に邪険な態度を取ったという記憶も無かった。

「もの凄く遠くからじっと見られてて、怖かったって言ってるんですけど」

「遠くから？」

これもまた、身に覚えのない話だ。

「それは本当に私のことですか？」

「ここにいる人が芦屋さんを見間違えることってないと思いますよ」

それは確かにそうだ。

「それは、ここにいる騎士や法術士達の多くが言っていることですか？」

「あー……そういえば、睨まれてるのはいつも限られた人っぽいです。男の人か女の人かはあんまり関係ないみたいで、ただ決まって食事中か休憩中……特に食後によく睨まれているって言ってました」

話せば話すほどやたらと状況が限定されてゆくが『食後』という部分に、芦屋の記憶が大きく反応した。

「…………ああ、分かりました。あのことですね」

普段の自分なら決してしないかすかな言い淀み。

それを千穂に悟られないように、少しだけ早口になった。

「一応あとで確認しておいていただきたいのですが、恐らくその者達は、食後に喫煙していた者達かと思います」

「喫煙……タバコってことですか？」

「ええ、まぁ。こちらで言う喫煙は日本で見られる紙巻タバコではなくパイプやキセルのような道具を使った葉タバコですが、まぁ同じことです」

「えっと……人間の人達に禁煙とか命令してたんですか？」

「いえ、特にそういうことは。まぁ、冬場は乾燥するので火の始末には注意する必要はありますが、こちらは今、初夏ですからね」

「じゃあ、一体どうして……？」

「なんと言いますか『嗜好品』に興じる気持ちを理解しようとした、というところですね」

「はぁ……」

千穂は相変わらず怪訝な顔のままだが、嗜好品というワードで、少しだけ何かを考えてくれているようだ。

「……つまり、あれですか。もしかして芦屋さんもタバコを吸おうとか、お酒を飲もうとか」

「いえ、それだけは絶対にあり得ません。タバコは健康にも財布にも悪影響ですし」

「ですよね」

芦屋らしい即答に、千穂もここだけは納得してくれたようだ。

「ですが、別に他人が嗜好品を摂取することにまで文句をつけるつもりはありませんし、度が過ぎないのであれば心身の健康に寄与するものです。ただ、我々悪魔はそんなものを必要としませんから、逆に人間がどのようなときに嗜好品を用いるのか観察していたのを、睨んでいると思われてしまったのでしょうね」

「はー……はー、なるほど。そういうことだったんですね」

どうやら、納得してくれたようだ。

当然だ、一切嘘は言っていない。ただ、何故人間の嗜好品摂取の様子を観察するに至ったかを言わなかっただけだ。

千穂相手に言えるはずがなかった。

「でもそう考えると確かに、芦屋さんが必要最低限の物以外食べたり飲んだりしてる姿って見たことない気がします」

「実際していませんからね。お菓子なら頂き物をしたときや、魔王城にお客様が来たときには一緒に食べることもありますが」

確かにこれまで千穂も、幾度も芦屋が作ったお菓子を口にしてきたが、芦屋がそれらを自分のために作っている姿は想像できなかった。

「……私が言うことじゃないかもしれませんけど、少しくらい芦屋さんも自分のためだけにお金を使ったり、好きな物を食べたりしてもいいんじゃないかなって思います」

「お気遣いありがとうございます、佐々木さん」

それが千穂の衷心からの言葉であることは芦屋もよく分かった。

「ですが、大丈夫です、というのも妙ですが、特に酒やタバコをやりたいと思うことはありませんし、やはり悪魔の生理的欲求にはそういったものは無いようで、経済的に余裕ができた今でも、特別何かそういうものを欲しいという気持ちは起こらないのです」

「芦屋さん……」

「私も人間達を観察することは控えようと思います。お騒がせして申し訳ありません」

「……はい」

最後はなんだか微妙な空気になってしまったが、千穂は納得したようでぺこりと頭を下げて戻っていった。

千穂の気配が完全に消えたところで、

「……」

芦屋は書類に向き直ると、頭を抱えて突っ伏してしまった。

「……何故私はあんなことを……」

素直に言えば良かった。

ああ言ってくれた千穂なら、別に今芦屋が何を言おうと受け入れてくれたはずだ。

だが、つい隠してしまった。

未だに自分でもあり得ないと思っているから。自分でも許されざる行為だと思っていたから。

万が一漆原や真奥に事が露見した場合、先々の発言力低下の可能性が否めなかったから。

「この私が……この私がまさか……」

芦屋は立ち上がると、この六畳間の隅に積まれた段ボール箱を開く。

色々な雑貨が詰まっている中、たった一個、小さなカップラーメンが転がっていた。

つい先月、日本に戻ったときにこっそり買い込んだものの残りだった。

決して大量に買い込んだわけではない。時間が無いときの非常食だと自分に言い訳をして購入したたった三つのカップラーメンの最後の一つだった。

『ピリ辛白みそ担々麺』。

都内の有名ラーメン店とコラボしたコンビニ商品であり、三つのうち二つがこれだった。

「こんなコストパフォーマンスの悪いジャンクフードに心奪われてしまうとは……」

あの日、誰が買ったかも分からない、たまたま残っていたカップラーメンをたまたま一つ食べたのが運の尽きだった。

そのときは、想像よりもずっと美味しいと思った、ただそれだけだった。

最初は本当にそれだけだったのだ。

それが気づけば、日本に帰る度に何かしらのカップラーメンを買わなければ気が済まない体になってしまっていた。

「く……しばらくまだ日本に戻る予定はないのに……」

　だが、それでも鉄蠍族の族長であり、魔王城の台所番たる鉄の男芦屋。

　強固な意志であくまで不自然でない程度の数を、自分が満足行く仕事ができたときのみ食べる、自分へのご褒美としてのみ、カップラーメンを食べることを最大限の自制心で自らの心に定めた。

　客観的に見て、一家の台所を預かる主夫が、たまに自分だけの食事を用意するのが面倒でカップ麺やインスタント食品で済ませてしまうことなどなんら不思議なことではない。

　不思議なことではないのだが、芦屋は自分と自分を取り巻く環境をよく理解していた。

　きっと誰も表立って文句は言うまい。

　なんなら千穂や鈴乃は日頃の自分のことを労ってくれるだろうし、恵美も理解を示すか特に何も言いはしないだろう。

　真奥はどちらかといえば喜んでくれそうだし、漆原は、まぁ色々面倒そうだが今となってはさほど問題にならない。

　だが、それはそれとして。

「これが……コストパフォーマンスが悪いことには、変わりないのだ……っ！　それを、私自らが解放してしまっては……」

　箍が一つ緩む。

　それは芦屋にとって恐るべき事態であった。

どんなに美味しくても、カップラーメンの成人男性の一食分としてのコストパフォーマンスはお世辞にも良いとは言えない。

摂取カロリーや塩分は膨大なのにそれ以外の栄養価が低く、それでいて大して腹に溜まらない。

通常の一汁三菜と同じレベルの満腹感をカップラーメンで得ようとすること自体がまずナンセンスな考えであり、たまの一回ならともかく、恒常的に食べて良い食品では決してない。

そんな特性を持っているのに、一部の定番商品を除けば、近年のカップラーメンは相対的に安価な食べ物ではなくなっている。

それを魔王城の台所の元栓たる芦屋が解放してしまってはどうなるか。

真奥も漆原も、カップラーメンは好きな部類のはずだ。

今は芦屋の顔色を窺ってよほどのことが無ければこのようなジャンキーなものを買ったりはしないだろうが、芦屋が食べているとなればその箍は爆発四散するだろう。

そして芦屋自身、それを防げなくなってしまう。

「ぐ、ぬぬぬ」

そんなことを考えながら、芦屋の手は最後の一つのカップラーメンの蓋を開けていた。

おいてある二リットルサイズミネラルウォーターのペットボトルの中から持ってきた鍋に水を移し、魔力の炎で湯を沸かし、周囲を憚るようにして一気に食べきってしまう。

ピリ辛と題されてはいるが、思いの外辛さは強く感じる。

急いで食べているせいかスープの熱さが辛さを助長し汗が出るが、その刺激がまたたまらない。

「……ふぅ」

証拠隠滅もかねてスープまでしっかり飲みきってしまった芦屋は、

「……やってしまった」

何か非常なる罪悪感にかられて突っ伏してしまった。

自分がカップラーメンなどというものに囚われてしまったこと。

それを秘密にしていること。

そして、真奥や漆原に対してすら、自分一人がカップラーメンに嵌ってしまっているのを隠していることに対する後ろめたさ。

その全てが芦屋を苛んでいる。

「……しばらく日本に帰るのは、やめた方がいいだろうか」

買いさえしなければ食べることもない。

だが食べられないとなると、食べ終わったはずの担々麵の味の記憶が舌の根元で踊り出す。

「くっ、私は……私はここまで心が弱かったのか……」

千穂の指摘は当たっていた。

はっきり言えば、芦屋は嗜好品に興じる人間達が羨ましかった。

それと同時に、一体どのような心理で嗜好品に興じるのか興味があったのだ。

個人的な趣向で酒やたばこ、スイーツといった体内に摂取するタイプの嗜好品を継続的に嗜む人間の姿を、芦屋は見たことがなかった。

ヴィラ・ローザ笹塚二〇一号室で芦屋が作ったケーキや持ち寄ったお菓子を食べていた千穂は、その範疇には入らなかった。

あれは、付き合いのお茶・おやつであり、朝昼晩の食事に近い存在だ。

漆原やアシエスが常に食べている駄菓子などがそれに近いだろうか。

だが、アシエスの食欲は芦屋の知る人間の食欲とは明らかに異なっているし、漆原は駄菓子が食べられないことに不平こそ漏らせど、食べられないことで多大なストレスを溜めているかというとそんなことはない。

だが今や芦屋は、はっきりと自分の中でカップラーメンに対する欲求が過剰に連鎖していることを認めざるを得なかった。

それとも鉄の意志で間を空ければ、この欲求は自然と消えるものなのだろうか。

とても、そうとは思えなかった。

「……先週は日本に戻らなかった……。リヴィクォッコめが魔王様の食卓でいい加減なことをしていないかチェックせねば……いや、奴自身が漆原のような無駄遣いをしないとも…………はっ⁉」

気づけば日本に帰る理由探しを始めている。しかも臣下にあらぬ疑いをかけてまで。

「私は、私はなんと浅ましいことを……」

これが嗜好品への依存か。

これは己が人間の肉体を維持しているからか。

折角エンテ・イスラにいるのだから、いっそのこと悪魔型に戻ってしまった方が良いだろうか。

そうでもないと、この人間の体が欲する浅はかな欲望を振りきれそうになかった。

ここに集う者達は人間世界の中でも選りすぐりの強者ばかりだ。

各国の騎士や法術士なら悪魔大元帥の魔力にも耐えられるだろう。

もうそれしかないのではないか。

「ぐ……」

芦屋が思いつめたそのときだった。

「あのー、芦屋さん？」

「ほわあいっ⁉ 佐々木さんっ⁉」

思いつめすぎていた自分と、先ほど食べ終わったカップラーメンの匂いが残ってはいないかとか、千穂が自分の悪魔型の魔力に耐えられるかどうかを全く考えていなかったとか、色々な思いが驚きと共に爆発し、出したこともない声を上げてしまった。

「どっどっどうしたんですかっ⁉」

千穂は千穂で芦屋の見たことのない姿に驚き、目を見開いて少し身を引いている。

「いっ、いえっ？　何も⁉」

明らかに何も無いはずがない芦屋の不審さを見ても、敢えてそれを追求しようとしないのが千穂の優しさであり信頼であった。

「そ、そうですか。あの、お客さんといいますか……その……」

芦屋の奇態以前にやや困惑気味だったらしい千穂は、少し後ろを気にしていた。

問題のある人間でも現れたのか。

そう思って居住まいを正した芦屋は、

「やっほー、お邪魔します」

「すっっっずきさん⁉」

千穂の後ろから大きな紙袋を持って現れた梨香に、またひっくり返りそうになった。

今の芦屋にとって、梨香はできれば会いたくない人間筆頭だった。

苦手だとか嫌っているだとかそういうことではなく、シンプルに気まずいのだ。

梨香がエンテ・イスラの存在や芦屋の正体を知ってしばらくしてから、芦屋は梨香から男性として恋愛対象であるとの告白を受けた。

元々人間を種族として取るに足らない存在と考えている芦屋だが、千穂や木崎、そして梨香のような恩義があり、一個の生命体として尊敬すべき理由のある相手には敬意を抱くようになっていた。

だがそれはそれとして人間相手に恋愛感情を抱くことは、芦屋の悪魔としての生理的にもあり得なかったし、だからこそ芦屋は最大限の誠意で梨香の想いを拒んだのだ。

拒んだつもりだったのだ。

それなのに梨香はエンテ・イスラにご近所感覚で立ち寄るようになってから、それまで以上に芦屋への好意を隠そうともしなくなってきているのだ。

そして人間芦屋にとってそれは、決して不快ではないものの、どう接したらいいのかさっぱり分からないため単純に気まずいのだ。

「あれ？　間が悪かったかな？　もしかしてもうお昼ご飯とか終わっちゃった感じ？」

「お、お、お昼ですか⁉」

「うん。何かごま油みたいな匂いが……」

魔王城の玉座の間は人間の体基準で言えば非常に広大だし、その分空気はそれなりに対流しているはずなのだが、ピリ辛白みそ担々麵の香りはそれをものともしない強さであったらしい。

「そういえば……でも私がさっき出ていったときにはそんな匂いしなかったような……」

「そ、そのっ！　実は時間を惜しんで昼食を横着しまして……！」

芦屋の明晰な頭脳は、隠し事をするよりも嘘をつかずに真実を隠す方向にシフトした。

「良くないとは思ったのですが、日本から持ってきたカップ麺で適当に済ませてしまったのです！」

忙しい自分がつい昼食で手を抜いてしまうという話に不自然なことはないはずだ。

まかり間違っても好きでカップラーメンを買い込んで食べているなどということが露見しないよう、ここは敢えて秘密を明かす！

「ああ、なんだ。そういうことですか」

千穂の表情からは、特別いぶかしむような様子はないのでほっと胸をなでおろす芦屋だが、その千穂の後ろでなぜか梨香が嬉しそうな笑顔を浮かべていた。

「忙しさにかまけてご飯いい加減にするのは良くないなぁ、と言いたいとこだけど」

そして、芦屋の元までぱたぱたとやってくると手にした紙袋を畳の上にがさりと置いた。

「はいこれ、ちょっと前に実家に帰ったときのお土産」

大きさの割に軽そうな紙袋の中からは、

「は…………っ!?」

紙袋に入っていたのは、芦屋が見たこともないメーカーのカップラーメンの山だった。

「ご、御実家、に？」

「うん。この前フラれたあとだから少し前のだけど、賞味期限は大丈夫だから」

「えっ、あ、いや……」

「そ、それじゃあ私はこれで～……！」

芦屋と梨香の間に横たわるデリケートな問題を最もよく知る千穂は、梨香の爆弾発言に素早く危険を察知し、乾いた笑顔で足早に去っていってしまった。

「あっ！」

千穂がその件を知っていることを芦屋は知らないが、それでも会話のワンクッションとして期待していた千穂が退場してしまい芦屋は救いを失う。

「……えっと……」

「まぁそんな顔しなさんなって。あんな格好良く啖呵切っておいて案外小心者だねアルシエルさんは」

「……それは……そういうことにもなります。私は……」

「そりゃね。でもこっちもガキじゃないからさ、フラれちゃったらもうその人と顔合わせられないっ！　みたいな神経してないのよ。異世界交流の先輩はあんなに強い子だしさ」

「……はぁ」

「でも、フった女がいきなり手作り弁当とか持ってきたらそれはまたなんかカン違いっていうか、重量感違ってくるでしょ　だからね。お互い面倒の無い感じにしたい私の気持ちは受け取ってほしいわけよ」

「はぁ……」

言いながら梨香は紙袋の中のカップラーメンをコタツの上に並べてゆく。

「これ全部西日本とか神戸限定のカップラーメン。関東じゃ売ってないものなんだ」

「は、はぁ、道理で」

見たことのないパッケージばかりのはずだ。

スナック菓子などでも地域ローカルの商品が存在することは知っていたが、なるほど、そもそも関東地方に商品展開していないメーカーがあるということまでは考えが至っていなかった。

「これで三国志よろしく、盃を交わさんかね。前みたいに、ってわけにはお互いいかないだろうけど、あんま気まずくならないように、さ」

「……鈴木さん……」

告白をなかったことにはできない。

想いを知ったことを、忘れてしまうこともできない。

だが、理性ある社会人として、大人として、ちゃんと良好なお付き合いは続けていきましょう。

これは、その約束だ。

「そうしてくれたら、芦屋さんがカップラーメンにハマっちゃってること、真奥さんや漆原さんには内緒にしておいてあげるから」

「なっ⁉ 何故そのことをっ⁉」

そういう話になりそうだったのに、急に弱味を握られてしまった。

梨香にその事実を知られるような機会はどこにもなかったはずだ。

芦屋は驚きすぎて、全身から一気に汗が噴き出て、掌を思わずズボンで拭ってしまう。

だが、これこそ梨香の仕掛けた罠であった。

「あ？ 本当にそうだったの？」

「え……えっ？ す、鈴木さん、それは……」

「いやね、さっき言ったごま油の匂い、これ、もしかしなくてもエースシェフの『ピリ辛白みそ担々麺』のだよね。先々週だかに新発売の」

「なっ、なっ、なっ……！」

「私もちょっとハマってるから」

「なっ……‼」

「日本から持ってきた、っていう割には最近の商品だなって思って、もしかしてって思ったらまさかのドンピシャで、逆に私がちょっと驚いちゃったよ」

「…………私は、それほど分かりやすいでしょうか……」

芦屋は観念して肩を落とす。

もはや事ここに至っては言い訳を重ねる意味も無い。

梨香が罠を張っていたなどと、芦屋の身勝手な思い込みだ。

単に最初から自分は墓穴を掘っていたのだ。

「それまで食べたことないのに急にハマっちゃうことなんて誰にでもあるある」

梨香はそんな芦屋を慰めるように背を叩いた。

「どうせ芦屋さんのことだから、自分が財布の紐を緩めるようなことできないとか思ってるんでしょ。まぁ話聞いてる限りだと、バレたら実際にそうなる感じもするし」

千穂や恵美や鈴乃に見抜かれるならまだしも、梨香にまでこうも簡単に見抜かれては、完全に降参するしかない。

「なると思いますか？」

「どんな家でもそうなると思うよ」

「……何卒、内密に。できれば佐々木さんやエミリア達にも……」

「オッケー。仕方ないなぁ」

梨香は嬉しそうにそう言うと、ぐるりと周囲を見回す。

「ガスコンロがあるようには見えないけど」

「……少し離れていてください」

梨香から少し距離を取った場所で、芦屋は鍋にミネラルウォーターを入れ、魔力の炎で沸騰させる。

「魔法が生活の役に立つって本当だね～」

「魔術、です。鈴木さんも、召し上がりますか？」

「ん」

梨香はまた明るく微笑む。

「おばんざいのお店もいいけど、この方が芦屋さんとご飯してるって気がする。どれにしようかなぁ……やっぱ最初に食べてもらいたいのはこれかな。うちの実家はこれが備蓄されてないと戦争が起こるんだよ！」

そう言って梨香が差し出す大きめのカップには、『兵庫限定』と大書されていた。

「これは……」

開かれた蓋の中を見て、芦屋は驚く。

麺が深緑色なのだ。

「海苔を練り込んだ名物海苔ラーメン。でも麺だけじゃないんだこれが！」

あと入れのスープの袋を取り出し、かやくを散らしてお湯を注ぎ込む。

「これは……！」

五分待ってからスープを入れて混ぜると、シンプルなしょうゆの香りに濃厚な海苔の香りが立ち上ってくる。

担々麺を食べたばかりの芦屋の腹が、唸りはじめる。

「……いただきます」

「いただきます。うー、久しぶり！　これよこれ」

一口麺をすすると、さらに濃厚になった海苔の香りが甘さの奥に隠れる辛さと味わいをはっきりと際立たせる。

七味唐辛子やごま油のような辛味づけや香りづけの素材が入っていないはずなのに、熱された海苔としょうゆが組み合わさると、暴力的とすら思えるコンビネーションを発揮するものなのか。

かやくも決して豪華な内容ではないのに、箸を進める手が止まらない。

あっという間にまたスープまで飲み干しかけて、

「さ、さすがに二つ飲み干してしまうのは……」

「ん、確かにね」

芦屋も梨香も、スープを半分ほど飲んだところで自制した。

「どうする？　これからも私が何か買ってこようか？」

「大変魅力的な提案ですが……」

芦屋は首を横に振った。

「結局自分が食べるために鈴木さんにお願いをしてしまえば、私自身が財布の紐を緩めたことには変わりありませんから……頂いたお土産で、自制心を取り戻していこうかと思います」

「そんなんでどうにかなるかなぁ？」

「してみせます！」

「分かったごめんって。でもまぁ、ダメだったらいつでも連絡頂戴。『お土産』、持ってきてあげるから」

「だ……大丈夫です」

「早くもちょっと揺らいでるじゃん！」

　梨香は楽しげに笑い、芦屋はムキになって激しく首を横に振ってみせる。

※

「はー……良かった」

　玉座の間の外の廊下で、千穂はほっと胸をなでおろした。

　芦屋が生真面目なことを言いすぎて、折角吹っきれた様子の梨香がまた落ち込むことになりはしないかと心配していたのだが、全く問題なかったようだ。

　心配は杞憂に終わったものの、結果的に芦屋の秘密を盗み聞きすることになってしまったのだけは申し訳なく思うが、あまりにささやかで、それでいて芦屋らしい秘密の内容を思えば、千穂一人が胸の中にしまっておくくらいはなんでもない。

そしてそんなことよりも。

「地域限定カップラーメンかぁ……美味しそう。私もお腹空いてきちゃったな」

梨香の邪魔をするわけにもいかないので、千穂は玉座の間を離れる。

「下に何か残ってるといいけど、夕ご飯まで我慢の時間かなぁ」

誰にも手伝ってもらわずに魔王城を階段で上がり下がりをするとかなりの運動量になるので、ますますお腹が減ってしまう。

とはいえ、あまりに何度もマレブランケの翼に頼って昇り降りするのも気が引ける。

「次から私も、おやつとか沢山持ち込ませてもらおうかな」

空いてしまった小腹の機嫌をどう鎮めるかを悩みながら、千穂はもはや歩き慣れた魔王城の廊下を歩いていったのだった。

女子高生、名物を調査する

質素倹約が絶対の正義である魔王城の食卓も、台所事情と台所番の胸三寸とが奇跡的なマリアージュを見せたとき、急激に豪華になることがある。

その日がまさにその奇跡的な一日だった。

「僕……まさかこの家で天ぷら食べられる日が来るとは思わなかったよ」

食卓に積み上がった黄金色の天ぷらの山に、漆原は柄にもなく目を輝かせた。

「しかも、ちゃんと海老まであるし！　芦屋一体どうしちゃったのさ！」

しかも、野菜の千切りを無理やりかき揚げにしてごまかしているわけではない。

漆原が言うように少ないながら海老天が中央に鎮座しており、茄子、カボチャ、紫蘇、しし唐が揃った虹のように華やかな天ぷらなのだ。

「私だって好きで修行僧生活をしているわけではない。たまにはこんなことをしてもバチはあたらん。特に今、我が家の冷蔵庫はかつてないほどに充実しきっているからな」

そう言う芦屋も、日頃滅多に作らない天ぷらを作りきって、満足げな表情だ。

「いやあ本当、佐々木家様様だな。冷めないうちに食おうぜ！　いただきます！」

「「いただきます！」」

真奥の号令で、笑顔の食卓が花開く。

魔王城の食卓が豪華なのには真奥が言う『佐々木家』の力に拠るところが大きい。

先日真奥達は、千穂の父の実家である長野県駒ヶ根市で、農作業手伝いに従事した。

その際の出来事が元で、所定の時給とは別に、有り余るほど農産品を頂いてしまっており、魔王城は現在その食材を消費するための嬉しい悲鳴を上げている最中なのだ。

「ん？　この丸いのなんだ？　芋かなんかか？」

真奥は言いながら、大皿の片隅にある饅頭ほどの大きさの丸い天ぷらを箸で取る。

芦屋が答えるより早く真奥はそれをつゆにつけて口に入れて、

「ああ、それは饅頭の天ぷらです」

「んぐっ⁉」

真奥は耳に入った答えと口に広がるあんこの甘みに驚き一瞬固まった。

「……あ、あんひゅう？」

「喋るのは呑み込んでからに」

「……んぐ。ま、饅頭の天ぷら？」

「え？　何それ何それ。どれどれ？」

饅頭と天ぷらという全く耳馴染みのない組み合わせに、漆原は興味津々のようだ。

「この丸いやつ。マジであんこ入った饅頭だった。ビビった」

「え⁉　あんこ⁉」

漆原もさすがに驚いたようだが、恐る恐るそれを天つゆにつけて一口齧ると、しばし咀嚼し、小さく頷いた。

「結構アリじゃん？」

「アリなんだけど天ぷらの流れの中にいきなりあんこ入ってきたから驚いた」

「ていうか僕むしろ好きだな。天つゆとあんこ、相性いいじゃん」

「こら、饅頭は一人二つまでだ」

漆原が二つ目は一口で頬張ったので、芦屋がすかさず注意を促す。

「しかし饅頭の天ぷらってどういうことだ？　またなんか節約料理というか、創作料理か？」

「饅頭を天ぷらにしたって節約にはなんないでしょ」

「実はこれ、天ぷら用の饅頭なんです」

「『天ぷら用の饅頭？』」

ますます訳の分からない様子の真奥と漆原。芦屋は苦笑すると、冷蔵庫から未開封のパッケージを取り出し二人に見せる。

「長野名物、天ぷら用饅頭？　マジで天ぷら用の饅頭なのか⁉　じゃあこれって」

「はい、佐々木家からの頂き物の中に入っていました。駒ヶ根では、一般的に冠婚葬祭やお盆のときに食べる、という建前の下、日常で普通に食べられているものだそうです」

「へぇ、面白いね。普通の饅頭となんか違うの？」

「どうだろうな。私も別に饅頭に詳しいわけではないが、衣をつけやすくするためか、そのまま食べるものよりも表面は少しざらついていたような気がするな」

饅頭の天ぷらは、一般的なあんこ入りの薄皮饅頭の皮の上にさらに衣をつけて揚げたもので、長野ではごく一般的なものだった。

最も消費が多いのはお盆の時期だが、それ以外の時期にも天ぷら用の饅頭は普通に販売されており、学校給食に採用している地域もある。

老若男女に人気の食材でつぶあんとこしあんのいずれも存在し、家庭によって丸ごと天ぷらにする家、半分に切って天ぷらにする家、紫蘇を巻く家など傾向が分かれる。

「いわゆる名物ってやつか。旅行に行ったわけじゃないから、そこまで名物とか気にしなかったよな」

「途中で立ち寄ったパーキングエリアには、それらしいものがいくつかありましたね。ソースカツ丼とか、ローメンでしたか」

「ローメン？　ラーメンじゃなくて？」

「ローメンだったな。遠くからキッチンカーの幟を見ただけだったから、どういうものかは分からなかったが、ラーメンではなかった」

「基本的に佐々木家のメシが美味すぎたからな。別に名物なんかなくてもって感じだったし、そういう意味でも、色々送ってもらったことに感謝しないとな」

「仰る通りですね。うむ、確かに天つゆによく合う」

「つゆっていえば、蕎麦も結構美味しくなかった？　普段はさ、ほら」

漆原が、二〇二号室の方を指さす。

「誰かさんの影響でうちの麺類ってうどんで固定化してるじゃん。そういう意味でも新鮮だったな」

「それについては以前図書館で調べたことがある。長野県で作られる蕎麦は信州そばと言って、江戸時代から評価されているそうだ。戸隠そばは笹塚のスーパーにも売っているほど有名だし、駒ヶ根のすぐ近くの伊那市は、有名な産地だそうだぞ」

「へぇ。じゃあ蕎麦も長野名物なんだな。天ぷら蕎麦ってのもいいな」

現金なことを言い出す主に芦屋は苦笑した。

「そうですね。長野名物と呼んでも問題は無いでしょうが、蕎麦は他にも有名なものがありますしね」

岩手県のわんこそばや島根県の出雲そば、新潟県のへぎそばなど、有名なご当地蕎麦は数多い。蕎麦を名物と標榜すると、ライバルは非常に多そうだ。

「名物っていえばさ、最後の日に名物だっての出してもらったじゃん。真奥と芦屋はあれどうだったの」

「「ああ」」

漆原が思い出した『名物』に、真奥は渋い顔になり、芦屋は顔を輝かせた。

「あれは素晴らしかったな。さすがにこの家で作るのは難しいが、あれは私ももう一度食べてみたい」

「マジか。実は俺、あれはちょっと苦手かもしれねぇ」

「まぁ、珍しいものだったよね。僕はまあ次も出してもらえたらもちろん食べるけど、芦屋ほどもう一回！　って感じじゃないかな」

ときならぬご馳走と、思わぬ名物の登場に魔王城は大きな盛り上がりを見せた。

衣食住足りて礼節を知る、ではないが、たっぷりの天ぷらに満足した漆原が珍しく食後の片付けの手伝いをしたことで、その夜の魔王城は、極めて平和に時が過ぎた。

その後もしばらくは、佐々木家からの頂き物で、魔王城の食卓は大いににぎわったのだった。

※

それからまた数日が経ち、無事にマグロナルド幡ヶ谷駅前店のリニューアルオープンが無事に成った頃。

千穂とシフトが重なった真奥は、改めて長野の仕事と頂き物についてお礼を述べる。

それと同時に前日の天ぷらの食卓であがった話題を振ってみると、千穂は納得の表情で頷いた。

「漆原さんが言ってたのって、鯉の煮つけのことですよね？」

「ああ。別にマズかったわけじゃないんだけど、なんというか、単純に食べたことない味で、ちょっと俺には風味が強すぎてな」

「分かります。あれ、地元の人でも好みが別れるみたいなんですよ。あと、お店によっても大分味付けとか違うみたいで。うちは皆結構好きなんですけどね」

「芦屋は本当にめちゃくちゃ気に入ったみたいでな。鯉があんなに美味しくなるなんて目から鱗でしたってしばらく語りが止まらなくて」

「芦屋さんが言うと鯉が非常食の候補に挙がったみたいに聞こえますけど気のせいですよね」

駒ヶ根最終日に食卓に供され、芦屋が大いに気に入り真奥はやや苦手と思い、漆原は普通だと感じたものこそ、鯉の煮つけ。

饅頭の天ぷらよりは改まった料理であり、やはり冠婚葬祭時に供されることの多い料理だ。

「法事とかに行くと、必ず出るんです。大きな鯉まるまる一匹がどーんって出て」

「そりゃ凄いな」

「でも、お年寄りが多いし、大体全部食べきれないんですよ」

「まぁ、鯉一匹ってでかいよな」

「だから皆、持って帰るんです」

意外な一言に、真奥は目を丸くした。

「持って帰る？」

「お店や会場がタッパーと輪ゴムをくれるんです。持って帰る用の」

「マジか！」

千穂曰く、駒ヶ根のそういった冠婚葬祭で使う料亭や直会の会場では、残った料理を持ち帰るためのタッパーが配られ、客もそれでって帰るのが一般的であるらしい。

刺身のような生ものの持ち帰りは禁じられているが、火が通っている料理は基本的に全て持ち帰りが推奨されており、それこそタッパーが一つ天ぷら饅頭で埋まることも普通であるらしい。

「法事だと天ぷらや鯉の煮つけ、あとはうっすら甘い黒飯っていうのが持ち帰りの定番ですね。もちろん唐揚げとかポテトとかがあれば、それも持って帰ります」

「へぇ……でもそうだよな。考えてみりゃ、残った宴会料理を捨てるってのも今時どうかって思うもんな」

相手が恵美なら『日本に来て大して経ってないくせに』と突っ込みが入るところだが、

「お母さんもよくそう言ってます。もったいないから合理的でいいって。夕食の手間もなくなりますし」

千穂なので素直に真奥の言うことに賛成する。

「ただまぁうちや一馬兄ちゃんとか若い人がいる家族は『若い人がいるから』ってもの凄い量持ち帰らされたりもするんですけどね」

「なるほど、ありそうだな」

「でも、冠婚葬祭でもないのに家で鯉の煮つけが出てくるって私も初めてでしたから、やっぱりみんな真奥さん達に感謝してたんだと思いますよ」

「……ん、まぁ、俺達は何も」

「ええ、そういうことなんですもんね」

千穂は微笑んで小さく頷く。

真奥達は、恵美や鈴乃と共に佐々木家の農産品や設備を狙った泥棒を捕まえているが、それは自分達の正体を隠したまま、悪魔や勇者としての能力を用いたため、佐々木家の面々は何も知らないことになっているし、実際に何かを知らせたわけではない。

それでも駒ヶ根佐々木家の面々は、真奥達に大きく感謝してくれていることは間違いない。

「名物に美味いもの無しなんて言葉もありますけど、駒ヶ根に関して言えば私はなんでも美味しいと思いますよ。饅頭の天ぷらもそうだし、ローメンとかソースカツ丼とか」

「ローメンとソースカツ丼は昨日も話題に出たな。次の機会があったら食ってみたい」

「いいですね！　是非機会作りましょう！」

少しだけ千穂が前のめりになり、真奥は半歩下がるがそれでも素直に頷けるほどには、新たな駒ヶ根名物についての期待は高まっていた。

「そういえばさ」

真奥はふと気づいて、千穂に尋ねた。

「名物っていや、東京名物ってなんなんだろうな？　ちーちゃん知ってる？」

「えっ？」

千穂は虚を衝かれたように息を呑んだ。

「東京……名物？」

千穂は眉根を寄せ、首を傾け、腕を組んで考え込むが、

「あれ？　東京名物……ええ？」

「ちーちゃん？」

「な、無い……ってことは」

「え？　そうなのか？」

「い、いえ、わ、私が知らないだけできっとあるはずなんですけど」

千穂は、真奥の驚く顔を見て、なんとか彼の期待に応えねばと知恵を絞るが、どう考えても出てこない。

終いにはレジの頭上にある、リニューアルされたものの、見慣れたマグロナルドのメニューを見上げ、乾いた声でぽろりと零した。

「ハンバーガー……なわけ、ないですよね……東京名物……東京」

そして、すっと顔面蒼白になる。

「私、ずっと東京に住んでて……東京名物、知らない……!?」

※

翌日になっても千穂は、真奥から尋ねられた『東京名物』について悩み続けていた。

学校はまだ夏休みだが、この日は部活の練習が朝からあり、千穂はうんうん唸りながら弓道場へと足を踏み入れる。

道場に入った千穂は、先に到着し、着替えはじめようとしていた東海林佳織の側に立つと、迫真の声で尋ねた。

「ねぇかお！　東京名物ってなんだと思う!?」

「急に何よ」

佳織は千穂の迫力に若干身を引きつつも、おかしくなったのか笑ってしまう。

「ちょっとどうしても知りたくなったの。かお、どう思う？」

「まぁ落ち着いて。本当急にどうしたの。着替えながらでいい？　東京名物？　名物ねぇ。ささちーはどういうものを想像してるわけ？　ネットで調べたりした？」

「調べたけど、美味しいお店とか高級店とか出てきちゃって、これ！　って感じじゃなかったの！　ねぇ、なんだと思う!?」

「だから落ち着けっての。まずなんでそんな急に東京名物を知りたくなったのよ」

「うん。実はこの前ね……」

父の実家に真奥達が働きに行った際、長野名物をいくつか堪能して、その話の流れで東京名物はなんなのかという話題に到達したことをかいつまんで話す。

「……ささちー……あんた……」

だが、何故か佳織は困惑したように千穂を見ると、周囲をきょろきょろと見回してからぐいと顔を近づけて声を潜めた。

「あんた、色々とすっ飛ばしすぎじゃない？」

「な、何が？　東京名物のこと？」

「ちっげーわ！　え？　てか道場の中で大声で言うことじゃないよ。ちょっと来て！」

「えっ？　あっ、か、かお、どうしたの？」

佳織は千穂を引っ張って道場を出ると武道場のトイレに引っ立てた。

「あんたね。真奥さんって、あれだっけ？　バイト先の……」

「う、うん……」

「……男を親の実家に連れてくとか、それもう親公認とかそういう話じゃないの？」

あたりを憚るような小声と仕草で尋ねる佳織を、千穂は不思議そうな顔で見つめ返す。

「公認って、何が？」

「マジかおい」

佳織はお手上げとでも言うように首を横に振った。

「いやだってさ、例えばさ、あんた義弥をお父さんの実家に連れてく気になる？　仕事だとしてもさ」

「どういうこと？　江村君は高校生だけど、真奥さん達は大人なんだから話違わない？」

「いや、そりゃそうなんだけど、あー、なんて言えばいいんだ！　ていうかささちー本気か。だってささちーの紹介でってことになるでしょ？」

「うん、実際そうだけど」

「そしたらなんかこう、その男はささちーと特別な関係だみたいな話にならない？　なると思うんだけど普通！」

「……」

千穂はしばし考え込んでから、

「あっ」

ふと思い当って顔を赤くした。

駒ヶ根に到着してすぐ、母が叔母に余計なことを吹き込んだせいで、祖母や叔父や従兄の一馬に散々いじられたことを思い出したのだ。

「何かあったな」

「…………………ありました」

千穂は顔を手で覆い、しゃがみ込んでしまう。

「ね、ささちー。あんたがどんだけ危険なことを大声で喋ってたか分かったでしょ。その、真奥さん？　とにかく特定の男子を自分の親戚のとこに連れてくなんて、普通に考えてそういう関係だって受け取られても全然不思議じゃないんだから」

「そ、そうだよね……」

「いや、親の実家とかだともうカレシカノジョ超えてるわ。うん。ちょっとヒネた先生の耳に入ったら普通に生活指導とか入るレベルだよ」

「……はい。気をつけます」

千穂は指の隙間から蚊の鳴くような声で頷く。

「で。何があったの。吐け」

「は、吐けってそんな……」

「道場でゴシップのネタになる方がいい？　義弥の耳に入ったら夏休み明けの教室は大変なことになると思うけど」

「ちょ、ちょっとやめてって……うう、そ、その、あのね」

己の迂闊さを呪いながら顔を上げると、佳織がしゃがみ込んで耳を寄せてくる。

千穂は観念して、ネタを吐いた。

「……親戚に、私が真奥さんとお付き合いしてると誤解されました……」

「ふんふん。それで？」

「それでって？」

「え？」

お互い不思議そうな顔で目を瞬かせる。

「それだけ？」

「それだけ……だけど」

佳織はしばらく千穂のきょとんとした目を見つめていたが、やがて心底つまらなそうにため息を吐いた。

「えええ？　マジでぇ？　それだけぇ？　もっとこうさぁ、人には言えないような濃厚なひと夏のなんとかかなかったわけ？」

「の、の、濃厚なひ、ひと夏のなんとかって何！　何もなかったよ！　本当、真奥さんはずーっとお仕事してて、私は従兄の赤ちゃんの面倒ずっと見てて、真奥さんは芦屋さんとか漆原さん同じ部屋に泊まって、他にも一緒に働いてた人がいて……」

「あぁ……男に邪魔されたのか」

「かお！　言い方悪意ある！」

本当のことを言えば、ロマンチックといえる瞬間もないではなかった。

普段なら絶対に見せることのない部屋着姿で真奥を夜の散歩に連れ出し、満天の星空を二人で見たのだ。

普通ならばそれだけで百点のシチュエーションだが、二人きりの間に盛り上がった話題といえばカッパとＵＦＯ。その後は佐々木家の仕事に途中参戦した恵美について話し合う必要があった。

母からは釘を刺されたものの、実際問題駒ヶ根にいる間、母が心配したり佳織が期待するようなことは起こるべくもなかったし、千穂にも全くそのつもりが無かったのだ。

だが結果、佳織は心底つまらなそうに肩を竦めているので千穂としてはいまいち納得がいかない。

「いやぁ、ささちーいやあ、そこまでやっといて何も無いってのは逆にないわ」

「かおは私をどうしたいの！」

「いや、ささちーこそどうしたいのって言いたいけど……まぁいいや。そろそろ先生来るし、なんだっけ？　東京名物だっけ？」

「もう！」

急に興味を失った佳織と共に道場の更衣室に戻り、着替えながら佳織がぽつぽつと候補を上げる。

「さっきの話だと、まぁ食べ物ってことだよね。私は長野名物っておやきと野沢菜くらいしか知らないけど、つまりそういうことでしょ？　うーん……なんだろ。東京名物……」

千穂が頷くと、佳織はしばらく唸りながら道着に着替え、そして言った。

「そーだ！　あれはどうよ。もんじゃ焼き」

「……ああ」

「何その反応」

千穂が少しがっかりしたような反応をするので、佳織は眉根を寄せる。

「ご、ごめんね。確かにもんじゃはネットでも出てきたし、私も色々考えてそうかなって思ったものの一つなんだ」

「じゃあなんでそんな不満そうなの」

「……大阪って言ったらさ、たこ焼きとお好み焼きじゃない？」

「分かる。偏見とは言わせない。お好み焼きで言えば、広島もかな？」

「だよね。分かる。でさ、もんじゃってそのレベルかな」

「……はっきり言ってしまうともんじゃ焼き業界の人は怒るかもしれないけど、まぁ、違うかな」

千穂はもちろん佳織も、東京名物はなんだろうと考えはじめてしばらく悩まなければもんじゃ焼きを上げることができなかった。

だがもし大阪名物は何かと問われれば、たこ焼き、お好み焼きがツートップで即座に思い浮かぷ。

「あー、じゃああれ！　蕎麦！　江戸前蕎麦って普通の蕎麦と違うって聞くよ？　お正月の柚子切りとか、あとほら、どっかのお寺の……」

言いながら佳織のテンションは、少しずつ落ちていく。

「私岩手でわんこそば食べたことあるなぁ……蕎麦はちょっとライバル多いなぁ」

魔王城の夕食の席で既に蕎麦は日本中に名産地があると結論づけられている。

東京は確かに蕎麦文化が発展しているが、ではそれがお好み焼きといえば大阪や広島のような『二大巨頭』的な印象的立場にあるかと問われると、やはり首を傾げざるを得ない。

その時点で部の指導員の先生が来てしまい、着替えが遅れている千穂と佳織はお小言を喰らってしまった上、二人して他に押しも押されぬ東京名物は、という悩みが矢に現れてしまい、失中の連発で散々な結果に終わってしまった。

「もー、ささちーが変なこと聞くからー！」

「ごめんってー」

部活帰りの道で佳織は文句たらたらだが、千穂も巻き込んだ自覚があるので強いことを言えない。

「でもさ、それなりに考えてみたんだけど、名物ってさ、三種類に分かれると思うのよ」

「え？」

「まず大阪のたこ焼きとお好み焼きみたいな、その土地と結びつきが強くて外にもアピールされてて、その土地で食べると美味しいってタイプね。蕎麦なんて大半それだよね」

佳織は指を立てる。

「二つ目が、京都の生八つ橋や広島のもみじ饅頭みたいな、お土産でもらったり買ったりするのが美味しいってタイプ。そんで最後が、それを食べる文化が特定の地域から広まってない料理やお菓子ね。お土産とか外へのアピールがなくはないけど原則よそには広まってない、地元限定系のやつ」

その理屈でいえば、信州そばは一つ目で、饅頭の天ぷらや鯉の煮つけは三番目ということになる。

「で、ささちーが考える東京名物って、どのジャンルよ」

「うーん……そう言われると、どれかっていうよりも、二番目のお土産になりがちなものは、頭から抜けてた気がする。でもさ、東京以外ではそういうのも結構ない？」

「そうとも限らんでしょ。だってさ、新潟っていえばお米だけど、新潟土産のお米ですとかおにぎりですとかやってるの聞いたことある？」

「お米はまた話が違わない？　それは特産物とかそういうのでしょ？　北海道のジャガイモとか、鹿児島のサツマイモとか、青森のリンゴとか」

「名物ってそういうのに紐づいてること多くない？　鹿児島には行ったことないけど、絶対サツマイモ使ったお菓子とか売りにしてると思うよ？　なんだっけ。お父さんが飲んでるお酒もそういうのらしいし。鹿児島のなんとかって言ってた。お米だってお酒の原料でしょ？」

「お酒なんて言い出したら、お米はお酒の原料でしょ？　それこそ、新潟のお米を直接お土産にしなくても、お酒のお土産とか、普通にありそうじゃない？」

「う、ううん。確かにそうかもしれんけど……待て、話がズレてる。そもそも東京土産は何かって話だよね？」

「名物ね。名物」

「でも、てことはさ、東京の名産品や特産物が何かを考えれば、名物も出てくるんじゃない？」

「東京の名産品……特産物？」

「待て、言いたいことは分かるよ。東京の名産や特産ってなんだって話でしょ？　東京産のお米とか牛肉とかあんま聞いたことないもんね」

　佳織は先回りして言った。

「でもさ、それってうちらが東京に長いこと住んでるからじゃない？」

「ええ？　そういうことなのかなあ？」

「地方で流行ったB級グルメとか、元々その地域ではそこまで特別じゃないって思われてたものが外に知られてもてはやされ出したものでしょ？　地元の人間だからこそ、その魅力が分からないってのもあるかもしれないじゃん」

「ああ……なるほど。それは、ちょっと分かる」

自分は大したことがないと思っていたものが他人にとっては価値のあるものだった、というのは日常生活でもよくある話だ。

駒ケ根の叔母が古い米で申し訳ないと言っていたものが、真奥達にとっては衝撃的に美味しい米だったというのはそれに当たるだろう。

「だから地元民よりも、東京の外から来た人の方が東京名物はコレだ！　って言ってくれそうな気がするんだよね」

この問題は東京どころか世界の外から来た人の疑問から発せられているものなのだが、確かに外からの目線で開ける視点はあるかもしれない。

「ということで来ました。鈴乃さん、遊佐さん、東京名物ってなんだと思いますか」

「讃岐うどんではないかな」

「カレーじゃだめかしら」

「香川とインドの合わせ技はやめてください」

帰宅する足で鈴乃の部屋を訪ねた千穂だが、真奥達よりもさらに日本生活が短い鈴乃から得られるヒントは少ないように思われて仕方がなかった。

※

「待て待て帰るな帰るな。分かってる分かってる」

鈴乃に引き留められ、千穂はまた座布団に正座した。

「まま。めーぶつってなに？」

「えっとね、美味しいものとか、みんなが好きな食べもの、かな？」

「コーンスープ！」

アラス・ラムスにはさすがにまだ名物の概念は理解できないようだが、元々それほど好き嫌いの無いアラス・ラムスは、駒ヶ根で出されたものは野沢菜などの比較的味の刺激が強いものも含め全て完食した。

「うーん、コーンスープが名物になるとしたら、やっぱり北海道かなぁ」

「ほっかいどー？」

アラス・ラムスの回答に千穂は頬を緩めるが、残念ながらコーンスープを東京名物と呼ぶわけにはいかない。

「しかしだ、東京名物か。難しい問題だな。元々東京は、千穂殿が言う名物が生まれにくい土壌だからな」

「どういうことですか？」

「我々の故郷であるエンテ・イスラの西大陸、セント・アイレという国でもそうだったのだがな、国の中央というのは、そういったものが生まれにくいんだ」

「どうしてですか？」

「食べ物の名物とは、土地に根差した一次産業から生まれるか、その土地の大多数の生活者の共通した行動や習慣から生まれるものだ。だが国の中心が都市化してしまうと、当然ながら一次産業は淘汰され、都市の外に追いやられる。さらに東京やセント・アイレのように人口が多く、三次産業が発展している大都市は国中から様々な人間が集まるから、生活様式の固定化が小さいグループでしか起こらない。そういう意味で、東京は、それこそ長野で我々が目にしたような広域の名物が生まれにくい」

「な、なるほど……」

「な、なんで私や魔王より日本生活短いのに、そんな分析ができるの？」

「外交宣教部は各国の産業も調査するからな。東京とセント・アイレはそういった地理的条件がよく似ているんだ。セント・アイレの皇都は海に面していないがな。千穂殿、一つ聞くが、東京名物、とまではいかなくても、例えば東京都内の一部地域の名物、というものならすぐ思い浮かぶのではないか？」

「ああ、それは確かに……」

千穂の脳裏に浮かんだのは、昨日調べた『深川飯』と『月島のもんじゃ』、そして『更科蕎麦』だった。

深川と月島はその名の通り東京の地名。

そして更科蕎麦は、江戸時代に今の長野からやってきた商人が蕎麦打ちの腕を見込まれ江戸で更科蕎麦所の看板を掲げたのが始まりだとされていて、長野に縁がある者としては大いに驚いたものだった。

この更科蕎麦は、佳織の言っていた地元の人間の生活の中で普通と思われていたものが、鈴乃の言う国中からやってきた人が首都で需要を創出した名物と言えるだろう。

「それでは駄目で、どうしても地場産業から生まれた名物を、というのであれば、私は江戸前寿司を推そう」

「お、お寿司ですか⁉」

「違う。江戸前寿司、だ。江戸前の握り寿司」

「……普通のお寿司と、違うの？」

千穂と恵美は異口同音にそう言い、鈴乃を呆れさせた。

「生の魚を寿司酢でメた米と重ねて握って食べる握り寿司という形態そのものが、そもそも江戸発祥なんだ」

「なんでそんなことベルが知ってるのよ……」

「こう見えて、私は食べ物や土地の名産にはうるさい方なんだ。日本に来たとき、土地の重要な料理や名産はあらかた調べた」

「そ、そうなの」

なんでもない顔で言うが、そんな簡単に言えることでもない気がする。

「そもそもどうして『寿司』の前に『握り』とわざわざ作り方を現す言葉がついているかといえば、握る方がイレギュラーな作り方だったからだ。握り寿司が一般化する前は、発酵させる寿司が一般的だった。米も、酢だけでなく砂糖を多く配合して乾燥を抑えたりとかな」

「あ……鮒寿司とか熟れ寿司」

千穂は知っている発酵寿司と、それが名物である県のことを思い出す。

「エンテ・イスラでもそうだが、魚介類は足が早い。多くの人間の食卓に届けるには、発酵させたり乾燥させたり調味料に漬け込んだりして保存期間を長くする必要があった。だから内陸の人間が生魚を見る機会など一生無く、良くて年に一、二度、干物や発酵食品にお目にかかれるかどうかというところだ」

そういえば、まだ鈴乃が日本に来る前、恵美の仲間であるエメラダとアルバートと共に回転寿司屋に行ったときに、二人が大いに驚いていたのを思い出した。

「というわけで、私は東京名物に江戸前寿司を推す。元々東京湾の魚を、せっかちな江戸っ子に食べさせるために拵えられ、最終的に全国に広まった料理だ。これ以上の『名物』は無いと思う」

「なるほど……」

開口一番讃岐うどんと宣ったとは思えないほどの説得力に、千穂は思わず頷いてしまった。

「まま！　今日のごはんおすし！　おすしたべたい！　ぎょーえん行こ！」

「え、ええ？」

そしてその説得力はアラス・ラムスにも波及したらしく、急な外食を提案されて、恵美が狼狽えはじめる。

「ぎょーえんって、魚々苑のことですか？　エメラダさん達と行った……」

「そうなの。一度何かのきっかけで連れていったことがあったんだけど、気に入っちゃったみたいで、最近何かあると魚々苑ってね、もー……」

「子供って、みんな回転寿司大好きですもんね」

「おすし行こ！　みんなでおすし！」

その後、アラス・ラムスの寿司熱を冷ますためにかなりの時間を要し、結局恵美は、その日の夕食にコーンスープを作る約束をさせられ、予定よりも早く鈴乃の部屋を辞すことになってしまったのだった。

※

「お寿司、お寿司かぁ……」

笹塚駅で恵美とアラス・ラムスと別れた千穂は、帰路につきながら鈴乃から聞いたことを頭の中で反芻し、腕を組んでいた。

江戸前寿司。

これまで考えてきた東京名物の条件にこれほど合致するものは他にない。

誰もが好む食べ物で、国中にその存在が知られている。

が、一つだけ、どうしても引っかかってしまうことがあった。

『……普通のお寿司と、違うの？』

恵美と一致したあの意見。

『普通のお寿司』。

確かに由来や歴史を考えれば『握り寿司』の発祥がかつての東京、江戸であることは間違いないだろう。

だが、現代に於いて『寿司』と聞いて多くの人々がまず最初に思い浮かべるのは、握り寿司であることもまた間違いない。

あまりに一般化されすぎているため、果たして今、東京のもの、と主張して良いのかどうかが判断できないのだ。

「でも、そんなこと言ったらお好み焼き屋さんやたこ焼き屋さんだって日本中にあるのに、なんで大阪のもの、ってイメージで問題ないんだろう……」

魔王城で供された饅頭の天ぷらが巡り巡ってこんなことになってしまい、千穂は頭を悩ませる。

ここまでくるともはや一高校生が一朝一夕で判断できることではなくなってしまってきているような気もするが、それでも真奥に対して不誠実なことをしたくないという思いから、千穂はどうしても答えを導き出したい思いにとらわれてしまっていた。

「ただいまー……あれ、お父さん、帰ってたんだ」

鈴乃からかなり明確な答えをもらったにもかかわらず、悶々としながら帰宅すると、夕方には珍しく父、千一が帰宅していた。

「あー、連勤がようやく終わってな」

警察官である父は勤務時間が不安定で、長期間家に帰らなかったかと思えば突然日中家にいることもあるのでたまにリビングでくつろいでいるとなんとなく新鮮だった。

そして、魔王城の饅頭天ぷらからさらに元を辿れば、父が長野の実家から電話を受けたのが全ての始まりだったのだ。

「ねぇお父さん。東京名物ってなんだと思う？」

「どうしたいきなり」

帰宅するなり娘からぶつけられた質問に、千一は目を丸くする。

「うん。ちょっと色々あって、調べなきゃいけなくて」

「なんだ。学校の課題か何かか？　そうだなぁ……難しい質問だが」

調べなきゃいけないことは何もないのだが、父は良い方向に勘違いしてくれたので、千穂は黙って固唾を呑んで答えを待った。

そして帰ってきた答えは、ここまで大勢に意見を仰いだ千穂をして、衝撃の答えだった。

「……色々考えたんだが……現代に限るなら、やっぱ、海苔かな」

「の、海苔⁉　海苔って、お寿司とかおにぎりに巻くあの海苔⁉」

父の答えが意外すぎて、千穂は思わず大声を上げる。

「ああ。文房具じゃないぞ」

海苔という答えは、インターネットで『東京　名物』などの検索ワードで調べても一度もヒットした記憶が無い。

「有名だぞ。東京の海苔。土産としてもご進物としても、ド定番だ。実際美味いし」

「え、ええ⁉」

「そんなに驚くことかぁ？」

千一が意外そうな顔をすると、母がキッチンから顔を出した。

「若い子はピンと来ないと思うわよ。今時お歳暮やお中元なんかの文化も廃れてきてるでしょ？　お茶屋さんとか行く機会もなかなか無いじゃない？」

「ああ、それはそうかもな」

「お茶屋さんに、海苔？」

「そこからか……」

千一は、娘とのジェネレーションギャップに切ない顔をする。

「千穂、あなたお茶屋さんとか行ったことない？　海苔とか干しシイタケ売ってるでしょ」

「そ、そうなんだ。知らなかった」

「海苔は贈り物の定番だったわねぇ。おめでたいことだけじゃなくて、弔事にも贈れるから便利なのよ。昔はどの家庭でも絶対に消費する食材だったしね」

「で、でも東京で海苔って作れるの？　東京湾で作ってるの？」

「今作ってるかどうか知らんが、浅草海苔とかよく言うだろ。……よく言うだろ？」

「……分からない、けど」

千穂の全く知らない情報が出てくるが、ここまで言うからには本当のことなのだろう。

その夜調べてみると、現代の板海苔の原点は東京の海苔にあり、九州の多くの海苔の産地に東京一極集中で並び立っているという印象を受けた。

「海苔。海苔かぁ。なるほどなぁ」

多くの料理に用いられる素材として全国で使われ、単独の食材としても味付け海苔や海苔の佃煮など発展性がある。

地元の水産業から生まれ、土産物、贈り物として広く認知されている。

鈴乃の語った江戸前寿司の発展にも大きく寄与しており、江戸前の海苔店は山形や京都からやってきた商人が開いたもの。

昭和の工業の発展で一度は東京湾の海苔生産は消滅一歩手前まで行ったが、現代では本当の意味での純粋な江戸前を復活させ、市場に流通させる取り組みが始まっているらしい。

調べれば調べるほど、海苔こそ『東京名物』に相応しいという気がしてきた。

『東京　名物』の検索でヒットしなかったのも、現在の『東京の海苔』の主要な生産地自体は千葉県と神奈川県にあるためだと納得できる。

そしてこの海苔のように『東京で生産していない、或いは生産量が大したことはない』と思い込んでいた産品にまで視点を広げてみると、江戸東京野菜というジャンルがヒットした。

東京は温暖な気候で育つ野菜の北限でありながら、寒冷気候で育つ野菜の南限でもあり、あらゆる野菜が幅広く生産可能な土地であり、実際に23区を含めた全域で、多種多様な野菜が生産されている。

これこそ佳織の言っていた、地元だからこそ分かっていなかった地元の魅力、というものではないだろうか。

「……つまり、これらの材料から導き出されるのは……」

※

「調査の結果、東京名物はお寿司の海苔巻きってことになりました！」

「お、おう……そうか。なるほどなぁ……」

休憩時間のスタッフルームで、それこそ学校の課題のレポートのような結論を突きつけられた真奥は苦笑した。

「その中でも、今なら東京産のきゅうりを使ったかっぱ巻きなら完璧です！」

「カッパ、か……」

そこまで行くともはやただの地産地消メニューではと思わないでもないが、なんとなく零した疑問を千穂が一応解決してみせてくれたことには純粋に感謝する必要はあるだろう。

また、それはそれとして駒ヶ根の名物から発した話題の中で再び『カッパ』が現れる巡り合わせに、真奥は秘かに感動してしまう。

そこまで考えて、真奥はふと気がついた。

「そういえば俺……寿司、ちゃんと食ったことないかも」

「えっ⁉」

千穂は驚くが、考えてみれば真奥と芦屋と漆原が寿司を食べる姿は全く想像がつかない。

「何かの機会に稲荷寿司だけは食ったことあるけど、いわゆる普通の握り寿司とか巻き寿司って、食べる機会が無いんだよ。百円寿司でも、男三人で腹いっぱい食おうと思うと結構かかりそうだろ？」

「うーん……まぁ、そうかもしれませんね」

自分よりも小柄なエメラダが自分の倍以上食べている姿を知っているだけに、男か女かはあまり関係ないようにも思える。

「巻き寿司かぁ。なるほどなぁ。実際寿司って美味いのか？」

「えっ？　あ、ええ、そうですね。美味しいと思いますよ」

言い澱んだのは、寿司に対して新鮮な美味しさを感じたのが随分昔のことだと気がついたからだ。

「ただどう美味しいかって聞かれると……脂がのってるとか、こう、ありきたりなことしか言えないんですけど……」

「まぁ、それは別にいいんじゃねぇか？　だってメシなんて究極、美味いとしか言えないんだからさ」

確かにそうかもしれないが、今回の東京名物の件で、如何に自分が自分の世界のことを知らないかをまざまざと思い知ったのは確かだ。

だからこそ今の千穂は、自分が『知らない』ということに言い知れぬ不安を覚えるのだ。

「あの、真奥さん」

「ん？」

「エンテ・イスラには、名物とか何かあるんですか？」

知りたい。

自分の世界に来た、大切な人達の世界のことを。

※

エンテ・イスラの名物。

千穂のごく自然な問いに、真奥はまた苦笑する。

「そういうのは、それこそ恵美とか鈴乃に聞いた方がいいんじゃないか？」

「そっか……それは、そうですね」

日頃、真奥達の日常をあまりに知りすぎているからだろう。

きっと、日本に来る以前はどんなものを食べていたのか、くらいの感覚で発せられた言葉なのだろう。

真奥自身、千穂に話したことはないし、その結論に至ったのも、それこそ駒ヶ根での出来事がきっかけだ。

『魔界が統一されなかったのは、悪魔が食事を必要としなかったから』

いつかそのことを千穂に話す日は来るのだろうか。

話したとして、それがどんな結果をもたらしたのか、千穂は理解し、その上でそれすら受け入れてくれるのだろうか。

「真奥さん？」

黙り込んでしまった真奥の顔を千穂が覗き込む。

「ああ、いや、なんでもない」

真奥はすぐに笑顔を浮かべて立ち上がった。

「さってと、休憩もそろそろ終わりだ。寿司はまぁ、いつかの楽しみにとっておこう。いや、巻き寿司くらいなら芦屋も許してくれっかな」

「どうでしょうね」

千穂も微笑んで、脱いでいたキャップを被り直す。

「巻き寿司なら、いつか作って持っていきますよ」

「生ものはお互い良くないんじゃないか？　駒ヶ根でもそうなんだろ？」

「かっぱ巻きだったら大丈夫ですよ」

「そっか。それじゃ、楽しみにしておくよ」

「はい……あ」

「ん？」

千穂は、ふと気づいた。

スタッフルームから出ようとする真奥の背に、わずかな悲しみの色があるのを。

何故かは分からない。

だがそれは、見逃してはいけないもののような気がした。

「真奥さん、あの、いつか……」

「ん？」

「いつか……エンテ・イスラの食材で、お寿司とか作りましょうね」

「……は？」

「あ……」

我ながら訳の分からないことを口にしたと気づき、千穂は思わず顔を赤くするが、

「あー、でもそれアリかもな。寿司かどうかはともかく、恵美達の機嫌を損ねない程度に、一緒にエンテ・イスラのもん食えたらいいな」

気を使わせてしまったが、真奥の背の寂しさがわずかに和らいだ。

「そのためには、まずは仕事と金だ。今日もしっかり働かないとな」

「……はい！　頑張ります！」

いつか、真奥(まおう)にエンテ・イスラに連れていってもらえるように。

自分の大好きな人達が、ずっと仲良く一緒に過ごせるように。

駒ヶ根(こまがね)で口にした夢を叶(かな)えるために。

今日はまた、日常を一生懸命過ごすのだ。

自分の住む場所と社会の新たな歴史を知った女子高生は、悪魔の王の横に並んで、職場という名の戦場へと足を踏み出していった。

作者、あとがく　―　AND YOU　―

今回のあとがきには若干のネタバレ要素があります。

あとがきから先行される方、ご注意ください。


こんなことになるなんて誰も予想できなかったよ!

二〇二〇年八月に魔王さまシリーズ最終巻となる「はたらく魔王さま! 21」のあとがきで私書きました。

「彼らが彼らの時を　生きている姿をもし再び見かけることがあったら、また声をかけてやってください」

って。

最終巻だしそれなりに格好つけて書いたあとがきから二年もしないうちに、まさかこんなに生命力溢(あふ)れた彼らと再会することになるなんて誰も予想しませんでした。

お久しぶりの方はお久しぶりです和ケ原聡司(わがはらさとし)です。

本書が上梓(じょうし)されます二〇二二年七月から『はたらく魔王さま!』アニメ二期の放送ですよ

皆さん！

はたらく魔王さまはまだ終わらない！

本書に収録されている物語はノベル・コミックス配信アプリ『電撃ノベコミ』にて配信されたものです。

『魔王軍、卓上の封印を解く』

小説『はたらく魔王さま！』復活の第一話。

アシエスがいて漆原も退院しているので、原作十二巻以降のどこかのお話です。

食事のマナーって、何かと論争になりがちです。

特に近年では高級レストランや料亭とは違う、どちらかといえばカジュアル寄りなレストランや食べ物にすら、食事かくあるべし、と主張される向きも多く見受けられるようになりました。

ちなみに和ケ原は家でカレーを食べるときはライスの上からどぱっとかけたい人です。

ケーキのフィルムのクリームは外でもこっそりフォークで削ぎ取ります。

パスタ以外の麺は音を立ててすすります。

『堕天使、家庭の味わいに震える』

漆原が退院した直後、十二巻直後くらいのお話です。

和ヶ原ははたらく魔王さまが始まってから終わるまでの九年半の間に三回救急車で運ばれ一回入院しました。入院はノロウィルスのクリーンヒット。残りの二回も胃腸に関するトラブルでした。

近年は病院食も美味しくなっている、と聞くのですが、ノロで三日断食した後の食事は……やっぱり薄かった……。

とはいえ間もなく四十代になろうとする和ヶ原はそろそろファストフードのMサイズセットを食べきるのが苦しくなってきているので、今こそ病院食に馴染めるのかもしれません。


『聖職者、再利用の方法を検討する』

鈴乃がエンテ・イスラ親征から帰った後のお話。十一巻以降のお話です。

キャンプギアって他の事に流用できるのかな、と思ったことがきっかけで生まれたお話。

キャンプが流行っているとよく聞くのですが、和ヶ原の周囲の人間でキャンプをしたことがある、或いはするようになった、という人の話を聞いたことがありません。

和ヶ原自身も、キャンプってやったことありません。

少し前に自分のツイッターアカウント（@wagahara211）にてお話ししたのですが、和ヶ原には二〇二二年四月時点で小学一年生になった息子がおります。

この息子が夏場の虫刺されに非常に弱く、妻は寒さに非常に弱く、そして和ヶ原は春と秋に重めの花粉症が発症します。

少なくとも和ヶ原が家族でキャンプをすることは、今後永遠にないのではないかと思います。

『勇者、健康管理意識を高める』

原作五巻直後のお話。ここまで十巻より後のお話が続いていたので、恵美の真奥に対する態度が色々とげとげしい頃で、書いてて楽しかったです。

和ヶ原、作家になってから適正体重プラス十キロという状態が続いていたので、コロナ禍以前に自身の健康管理のためと五キロの減量に成功していたのです。

それからコロナ禍に突入し、そこから十五キロ増量してしまいました。

そんな自分を棚に上げて恵美に健康管理をさせようとしました。申し訳ありません。

『魔王、人と囲む食卓の温かさを改めて思い出す』

現時点での魔王さまの全短編で最も時系列的には後ろにある。十八巻より後の物語です。

美味しいものを誰かと一緒に食べると幸せだよねってお話。

和ヶ原は昔から少食で、学生時代から特に大盛りとかいらない人でした。

今なんか下手したらご飯少なめとかにしてるのにそれでも太りました。なんでや。

和ヶ原は学生時代から数えて十年以上飲食店に勤務していたのですが、その中にカレー屋さんがありました。

辛さ十倍とか二十倍とかいけるお客さんって、個人でも団体さんでも、何も言わずにすっと注文されるんです。

辛い物好きをアピールした上で三倍とか五倍とか注文する人が一番しんどい思いをしていたものです。

『勇者、失ったものを探して迷走する』

お話の途中で千穂がマグロナルドのアルバイトを辞めているので、こちらも十八巻より後ということになります。

行きつけのお店が閉店するってショックですよね。現実にはプロの味って本当、再現しようったってなかなか再現できません。

それにしてもこの巻、カレー出てきすぎですね。


『悪魔大元帥、禁断の誘惑に敗北する』

真奥達が本格的に神討ちの戦いに移行した十七巻以降の物語。

普段食べないもの食べてるだけで面白い彼は正直ズルいとすら思う。でも食べすぎは太るから注意だ！


『女子高生、名物を調査する』

真奥と恵美達が長野県駒ヶ根市の佐々木家を手伝いに行った直後のお話。文庫本編では六巻直前。ＳＰ１巻直後のお話です。

作中で長野名物とされている食べ物についてですが、饅頭の天ぷらは福島と岐阜に。ソースカツ丼は福井と新潟に、同様の名物が存在します。

また、東京名物の代表とはなんぞやという問いに対して作中では明確な答えを出していますが、あくまでこの物語の中だけの考えであり、現実に存在する数多の東京名物を否定するものではありません。

望外の奇跡と偶然の巡り合わせにより、一度終わったはずの『はたらく魔王さま！』の物語がまた動きはじめました。

本書の物語は、いつもの彼らが、やはり食べて、働いて、日々を一生懸命過ごすことこそを一番に考えていることを示すものとなりました。

柊(ひいらぎ)暁生(あきお)さん作画、コミックス『はたらく魔王さま！』は真奥(まおう)達の過去を描く文庫0巻パートに突入し、さだうおじさん作画『はたらく魔王さまのメシ！』の連載も再開されました。

そして九年ぶりに動き出すアニメ二期では、一期の雰囲気そのままに、真奥(まおう)達が現代のモニターに再び姿を現します。

皆さまに今再びはたらく魔王さまワールドをお届けできる喜びをかみしめつつ、この本の巻末にまたこの一言を書けることを心から嬉(うれ)しく思います。

また、次の巻でお会いしましょう。

それではっ!!

◉和ヶ原聡司著作リスト

「はたらく魔王さま！1〜21」（電撃文庫）
「はたらく魔王さま！0、0-Ⅱ」（同）
「はたらく魔王さま！SP、SP2」（同）
「はたらく魔王さまのメシ！」（同）
「はたらく魔王さま！ ハイスクールN！」（同）
「はたらく魔王さま！ おかわり!!」（同）
「ディエゴの巨神」（同）
「勇者のセガレ1〜4」（同）
「スターオーシャン：アナムネシス ―The Beacon of Hope―」（同）
「ドラキュラやきん！1〜5」（同）

本書に対するご意見、ご感想をお寄せください。

ファンレターあて先
〒102-8177　東京都千代田区富士見2-13-3
電撃文庫編集部
「和ヶ原聡司先生」係
「029先生」係

本書は書き下ろしです。

電撃文庫

はたらく魔王(まおう)さま！　おかわり!!

和ヶ原聡司(わがはらさとし)

2022年7月10日　初版発行

発行者　青柳昌行
発行　株式会社KADOKAWA
〒102-8177　東京都千代田区富士見2-13-3
0570-002-301（ナビダイヤル）
装丁者　荻窪裕司（META＋MANIERA）
印刷　株式会社暁印刷
製本　株式会社暁印刷

●お問い合わせ
https://www.kadokawa.co.jp/（「お問い合わせ」へお進みください）
※内容によっては、お答えできない場合があります。
※サポートは日本国内のみとさせていただきます。
※ Japanese text only
※定価はカバーに表示してあります。

ISBN978-4-04-914281-5　C0193　Printed in Japan

電撃文庫　https://dengekibunko.jp/

電撃文庫創刊に際して

文庫は、我が国にとどまらず、世界の書籍の流れのなかで〝小さな巨人〟としての地位を築いてきた。古今東西の名著を、廉価で手に入りやすい形で提供してきたからこそ、人は文庫を自分の師として、また青春の想い出として、語りついできたのである。

その源を、文化的にはドイツのレクラム文庫に求めるにせよ、規模の上でイギリスのペンギンブックスに求めるにせよ、いま文庫は知識人の層の多様化に従って、ますますその意義を大きくしていると言ってよい。

文庫出版の意味するものは、激動の現代のみならず将来にわたって、大きくなることはあっても、小さくなることはないだろう。

「電撃文庫」は、そのように多様化した対象に応え、歴史に耐えうる作品を収録するのはもちろん、新しい世紀を迎えるにあたって、既成の枠をこえる新鮮で強烈なアイ・オープナーたりたい。

その特異さ故に、この存在は、かつて文庫がはじめて出版世界に登場したときと、同じ戸惑いを読書人に与えるかもしれない。

しかし、〈Changing Times,Changing Publishing〉時代は変わって、出版も変わる。時を重ねるなかで、精神の糧として、心の一隅を占めるものとして、次なる文化の担い手の若者たちに確かな評価を得られると信じて、ここに「電撃文庫」を出版する。

1993年6月10日
角川歴彦

電撃文庫DIGEST　7月の新刊

発売日2022年7月8日

第28回電撃小説大賞《銀賞》受賞作 **ミミクリー・ガールズ** 著／ひたき　イラスト／あさなや	2041年。人工素体――通称《ミミック》が開発され幾数年。クリス大尉は素体化手術を受け前線復帰……のはずが美少女に!?　クールなティータイムの後は、キュートに作戦開始！　少女に擬態し、巨悪を迎え撃て！
第28回電撃小説大賞《選考委員奨励賞》受賞作 **アマルガム・ハウンド** 捜査局刑事部特捜班 著／駒居未鳥　イラスト／尾崎ドミノ	捜査官の青年・テオが出会った少女・イレブンは、完璧に人の姿を模した兵器だった。主人と猟犬となった二人は行動を共にし、やがて国家を揺るがすテロリストとの戦いに身を投じていく……。
はたらく魔王さま! **おかわり!!** 著／和ヶ原聡司　イラスト／029	健康に目覚めた元テレアポ勇者!?　カップ麺にハマる芦屋!?　真奥一派が東京散策??！　大人気『はたらく魔王さま！』本編時系列の裏話をちょこっとひとつまみ。魔王たちのいつもの日常をもう一度、おかわり！
シャインポスト③ ねえ知ってた？　私を絶対アイドルにするための、ごく普通で当たり前な、とびっきりの魔法 著／駱駝　イラスト／ブリキ	紅葉と雪音のメンバー復帰も束の間、『TINGS』と様々な因縁を持つ『HY:RAIN』とのダンス・歌唱力・総合力の三本勝負が行われることに…しかも舞台は中野サンプラザ!?　極上のアイドルエンタメ第3弾！
春夏秋冬代行者 夏の舞 上 著／暁 佳奈　イラスト／スオウ	黎明二十年、春。花葉雛菊の帰還に端を発した事件は四季陣営の勝利に終わった。だが、史上初の双子神となった夏の代行者、葉桜姉妹は新たな困難に直面する。結婚を控える二人に対し、里長が言い渡した処分は……。
春夏秋冬代行者 夏の舞 下 著／暁 佳奈　イラスト／スオウ	瑠璃と、あやめ。夏の双子神は、四季の代行者の窮地を救うべく、黄昏の射手・巫覡輝矢と接触する。だが、二人の命を狙う「敵」は間近に迫っていた??。季節は夏。戦いの中、想い、想われ、現人神たちは恋をする。
ギルドの受付嬢ですが、 **残業は嫌なのでボスを** **ソロ討伐しようと思います5** 著／香坂マト　イラスト／がおう	憧れのリゾート地へ職員旅行！　…のハズが、永遠に終わらない地獄のループへ突入!?　楽しい旅行気分を害され怒り心頭なアリナの大鎚が向かう先は……!?　大人気異世界ファンタジー第5弾！
恋は双子で割り切れない4 著／高村資本　イラスト／あるみっく	那織を部屋に泊めたことが親にバレた純。さらに那織のアプローチは積極的になっていくが、その中で純と衝突して喧嘩に発展してしまう。仲裁に入ろうとする琉実だったが、さらなる一波乱を呼び……？
アポカリプス・ウィッチ⑤ 飽食時代の【最強】たちへ 著／鎌池和馬　イラスト／Mika Pikazo	三億もの『脅威』が地球に向けて飛来する。この危機を乗り切るには『天外四神』が宇宙へと飛び出し、『脅威』たちを引きつけるしかなかった。最強が最強であるが故の責務。歌貝カルタに決断の時が迫る――。
娘のままじゃ、 **お嫁さんになれない!2** 著／なかひろ　イラスト／涼香	祖父の忘れ形見、藍良を娘として引き取ってから2か月。桜人が教師を務める高校で孤立していた彼女も、どうにか学園生活を送っているようだ。だが、頭をかすめるのは藍良から告げられたとんでもない言葉だった――。
嘘と詐欺と異能学園3 著／野宮 有　イラスト／kakao	学園に赴任してきたニーナの兄・ハイネ。黒幕の突然の登場に動揺しつつも奮起するジンとニーナ。ハイネが設立した自治組織に参加し、裏ではハイネを陥れる策を進行させるという、超難度のコンゲームが始まる。
新作 **運命の人は、嫁の妹でした。** 著／逢緑奇演　イラスト／ちひろ綺華	互いの顔を知らないまま結婚したうえ、嫁との同棲より先に、その妹・獅子乃を預かることになった俺。だがある日、獅子乃と前世で恋人だった記憶が蘇って……。つまり〈運命の人〉は嫁ではなく、その妹だった!?

悪徳の迷宮都市を舞台に
一人のヒモとその飼い主の生き様を描く
衝撃の異世界ノワール

第28回
電撃小説大賞
大賞
受賞作

姫騎士様のヒモ

He is a kept man for princess knight.

白金 透

Illustration
マシマサキ

姫騎士アルウィンに養われ、人々から最低のヒモ野郎と罵られる
元冒険者マシューだが、彼の本当の姿を知る者は少ない。
「お前は俺のお姫様の害になる——だから殺す」
エンタメノベルの新境地をこじ開ける、衝撃の異世界ノワール！

電撃文庫

このラブコメは幸せになる義務がある。
△(さんかく)
[著]榛名千紘
[ILL.]てつぶた
ラブコメ史上、
もっとも幸せな三角関係！
これが三角関係ラブコメの到達点！
平凡な高校生・矢代天馬はクールな
美少女・皇凛華が幼馴染の椿木麗良を
溺愛していることを知る。天馬は二人が
より親密になれるよう手伝うことになるが、
その麗良はナンパから助けてくれた
彼を好きになって……!?
電撃文庫

第28回
電撃小説大賞
金賞
受賞作
エンド・オブ・
アルカディア
死ぬことのない戦場で
死に続けた彼と彼女の、
邂逅と共鳴の物語！
蒼井祐人 【イラスト】——GreeN
Yuto Aoi
END OF ARCADIA
彼らは安く、強く、そして決して死なない。
究極の生命再生システム《アルカディア》が生んだのは、複体再生〈リスポーン〉を駆使して戦う１０代の兵士たち。戦場で死しては復活する、無敵の少年少女たちだった——。
電撃文庫

その日、高校生・稲森春幸は無職になった。
親を喪ってから生活費のため労働に勤しんできたが、
少女を暴漢から救った騒ぎで歳がバレてしまったのだ。
路頭に迷う俺の前に再び現れた麗しき美少女。
彼女の正体は……ってあの東条グループの令嬢・東条冬季で——!?

電撃文庫